朝日俳壇

2023

長谷川櫂
大串　章
高山れおな
小林貴子
選

目次

年間秀句と「朝日俳壇賞」受賞作品・評
長谷川櫂……六
大串　章……八
高山れおな……一〇
小林貴子……一二
新春詠……一四
朝日俳壇　二〇二三年
一月……一六
八日
十五日
二十二日
二十九日
二月……三二
五日
十二日
十九日
二十六日
三月……四八
五日
十二日
十九日
二十六日
四月……六四
二日
九日
十六日
二十三日
三十日
五月……八四
七日
二十一日
二十八日
六月……九六
四日
十一日
十八日

七月……一一二
八月……一三二
九月……一四四
十月……一六〇
十一月……一八〇
十二月……一九六
朝日俳壇選者略歴……二一二
あとがき……二一四

二十五日
二日
九日
十六日
二十三日
三十日
六日
二十日
二十七日
三日
十日
十七日
二十四日
一日
八日
十五日
二十二日
二十九日
五日
十二日
十九日
二十六日
三日
十日
十七日
二十四日

装幀・版画　原田維夫

題印　三田秀泉

年間秀句と「朝日俳壇賞」受賞作品・評

【長谷川櫂選】　年間秀句

闇汁にロシアの戦車らしきもの　（境港市）大谷　和三　三一

白鳥来人間界の汀《みぎわ》まで　（下野市）久保田　清　三七

杏子《ももこ》とふ花の山姥《やまんば》大往生　（我孫子市）松村　幸一　七三

古里やどれもできたて春の山　（浦安市）中崎　千枝　八八

我よりも寂しき蠅《はえ》が今日もをる　（いわき市）馬目　空　一〇四

どう折つても戦争の記事紙兜《かみかぶと》　（所沢市）藤塚　貴樹　一二〇

◎八月を真二つにして黙禱《もくとう》す　（吹田市）太田　昭　一三六

馬鹿みたいな青春に相応《ふさわ》しき虹　（静岡市）松村　史基　一四六

太平洋ブルー滴る秋刀魚《さんま》焼く　（横浜市）佐々木ひろみち　一六二

皮に骨浮かべて走る狐《きつね》かな　（朝倉市）深町　明　一九一

（◎は「朝日俳壇賞」受賞作品。作者名下の数字は掲載ページ）

言葉の錘

長谷川　櫂

朝日俳壇は発足以来、ハガキで投句する約束になっている。今ではパソコン印刷も増えたが、基本は手書き。パソコンの印字は読みやすいが、さらさら流れる小川の水のように、文字に託されたはずの大事なものを見逃してしまいそうになることもしばしばある。

それと比べると手書きの投句は一枚一枚がドラマ。達筆より悪筆であるほど、文字の向こうにその人の膨大な人生を感じさせるものがあって、選句中、いったいどんな人生を送っている人なのだろうか、しばし見入ってしまうこともある。

新聞になってしまえばどの句も同じ顔で並んでいて、どれが印字だったか手書きだったかわからないが、選句する者としてここは大事。姿形が見えなくても大事なものは世の中に山ほどある。むしろ見えないものこそ大事なのではないか。

年間賞に選んだ太田さんの〈八月を真二つにして黙禱す〉は一読ずしりとした手応えを感じた。聞くところによると、子どものころの終戦体験が句の核になっているようだ。ほかの何千の句と同じ片々たる十七音だが、何によって言葉は錘《おもり》のようなものを得たり得そこなったりするのだろうか。

久保田さんの〈白鳥来人間界の汀まで〉。北方から渡ってくる白鳥は日本各地の川や湖で一冬、羽を休めるが、あれを「人間界の汀」というのに作者はどれほどの時間を必要としただろうか。これは単に言葉の問題ではなく人生観、宇宙観の問題だろう。

深町さんの〈皮に骨浮かべて走る狐かな〉。目の前から走り去るこの狐もほとんどの人には痩せた狐としか映らない。それを「皮に骨浮かべて」という。ここにはここに至るまでの作者の人生があるはずである。これも言葉だけの問題ではない。

同じ言葉でも人によって姿を変えるのが言葉である。

【大串章選】 年間秀句

寿命てふ言葉しみじみ冬ぬくし　（境港市）大谷　和三　一九

白鳥と闇を分け合ふ過疎の村　（奈良市）田村　英一　三八

◎連凧《れんだこ》の伸びゆく先に未来あり　（下関市）野﨑　薫　五四

梅林に兜太をさがす鮫《さめ》の群　（いわき市）馬目　空　七〇

花待たず我が青春の大江逝く　（武蔵野市）相坂　康　七三

映像の飢餓の子の眼《め》やこどもの日　（岡山市）三好　泥子　九二

ウクライナの子等へ祈りの鯉《こい》のぼり　（川口市）青柳　悠　九九

句と遊び米寿の秋を迎へけり　（堺市）山戸　暁子　一三七

翔平と聡太が並ぶ案山子《かかし》かな　（大阪市）井上　浩世　一八二

憎しみの連鎖いくさの冬深し　（福島県伊達市）佐藤　茂　一九五

老いの句など

大串　章

2023年の朝日俳壇を読み返し、寿命や老齢に関わる句が多いことに気付いた。

寿命てふ言葉しみじみ冬ぬくし　大谷　和三

句と遊び米寿の秋を迎へけり　山戸　暁子

連凧の伸びゆく先に未来あり　野﨑　薫

こうした句を読むと芭蕉の言葉「俳諧は老後の楽しみなり」を思い、大野林火の講演「執して離れて遊ぶ」など思い出す。この3句は年間秀句から抽出した句だが、この他にも老いに関わる句は色色あった。

着ぶくれを厭《いと》はぬ歳《とし》となりにけり　間宮　和子

鰭酒《ひれざけ》や老いのさびしさ笑ひ合ひ　菊川　善博

苗木植う百寿を目指す八十路《やそじ》かな　吉澤フミ子

九十の思ひ新たや青き踏む　荒井　篤

老いたれば老いに逆らひアロハシャツ　鍋島　武彦

露の世を潜《くぐ》り抜け来て米寿かな　田中　節夫

父祖の地に卆寿《そつじゅ》を生きる村祭　佐藤　直子

人生100年時代と言われる此の時代、ロシアのウクライナ侵攻・イスラエルのハマス攻撃など世界では戦火が絶えない。

映像の飢餓の子の眼やこどもの日　三好　泥子

ウクライナの子等へ祈りの鯉のぼり　青柳　悠

憎しみの連鎖いくさの冬深し　佐藤　茂

人間はなぜ「憎しみの連鎖」を断ち切れないのか。テレビで瘦せこけた「飢餓の子」を見るたびに胸が痛む。

梅雨晴間汀子兜太の高笑ひ　木津　和典

梅林に兜太をさがす鮫の群　馬目　空

老いの句といえば、厳しく且つ優しかった兜太さん汀子さん。生涯忘れられない俳壇の巨匠である。

【高山れおな選】　年間秀句

ワクチンへ重ね著《ぎ》の腕しぼり出す
（大阪市）上西左大信　一六

眠らざる獣は鳴けり山眠る
（栃木県壬生町）あらゐひとし　三九

暗殺の国にはなるな昭和の日
（高松市）島田　章平　九〇

夏服はごめんなさいを言いやすく
（日田市）石井かおり　一〇六

夕風に青む一人のシャワーかな
（船橋市）斉木　直哉　一二八

地球より出《い》で青深し秋の富士
（三島市）高安　利幸　一五四

◎鬼やんまわが持たぬものすべてもつ
（佐渡市）千　草子　一六〇

秋光の砕けず唯《ただ》に透きとほる
（筑西市）加田　怜　一七六

熊もまた魅せられている秋の山
（福岡市）釋　蜩硯　一八九

空っぽがかっぽしているあきの空
（東村山市）内海　亨　一九二

自然と言葉

高山れおな

二〇二三年の後半、しばしば目についたのが、人間の生活圏への野獣の侵入を詠んだ句。私自身は、十一月五日付紙面で清水宏晏氏の〈出没のけもの警戒文化の日〉を三席で取ったが、翌々週に出会った釋蜩硯氏の〈熊もまた魅せられている秋の山〉にはさらに瞠目《どうもく》した。もちろん、生存そのものを全面的に山に依存している現実の熊にとって、「秋の山」との関係が「魅せられている」などという呑気なものであるはずがない——これはしかし通常の意味における了解であって、この「魅せられている」をもう一段深いところで受けとめるならば、擬人化などという次元ではないところで、ある納得がやって来る。どこか認識が捻《ね》じれたような、奇妙な魅力のある句だと思う。

「出没のけもの警戒」という事態が、いわゆる地球温暖化と連動しているのかどうかはさておき、近年は、都市部でも自然界のさまざまな異変を感じるのは確かだ。蓑虫がいつの間にか絶滅危惧種になっていたのはもう古い話で、この頃では燕を見ないばかりか、雀や鴉さえあきらかに減っている。〈つばくらめ斯《か》くまで竝ぶことのあり〉(中村草田男作)はもちろん〈元日や晴れて雀のものがたり〉(嵐雪作)ですら、私などが住んでいるあたりではすでに実感を欠く。狼は滅んでも狼の句は作られ得る(そして現に作られている)とはいえ、なんとも由々しい事態ではある。もともと俳句は題詠性の濃厚なジャンルだが、今後はその性格がいよいよ強まるのだろう。年間秀句では、加田怜氏の〈秋光の砕けず唯に透きとほる〉が、題詠性を最も端的に示す。ほぼ、秋光という季語の本意を十七音に展開しただけの内容だからだ。同じく加田氏の〈颪向きに調べあるらし虎落笛〉(一月十五日付)も志向は近い。しかも、本土までが沖縄のような気候になれば、虎落笛だって狼と同様、言葉だけの存在になってしまうのだ。

【小林貴子選】　年間秀句

冬を詠む心に窓のある如し　（神戸市）森木　道典　三三

寒卵んごろんごろと転がれり　（箕面市）吉田　　融　四三

腹立たぬ命令形や春よ来い　（霧島市）久野　茂樹　四九

涅槃図《ねはんず》に謎の風呂敷包みかな　（飯塚市）讃岐　　陽　六五

ばーど一ごうと書かれある巣箱かな　（山形県遊佐町）大江　　進　九一

◎水差せば金魚は裳裾《もすそ》拡げけり　（奈良市）田村　英一　一三三

滝壺《たきつぼ》を猪《しし》の屍《かばね》の出もやらず　（大阪府島本町）池田　壽夫　一四五

ほんのりと黄の光たつ新豆腐　（淡路市）川村ひろみ　一四八

彼岸花救荒食でありしとは　（熊谷市）松葉　哲也　一七四

半月やもう半分の恋しうて　（佐倉市）葛西　茂美　二〇六

選句風景

小林貴子

二〇二三年五月、新型コロナウイルス感染症の法律上の扱いが五類に変更され、「朝日俳壇」の選句も七月から、選者四人が朝日新聞本社に集まるというコロナ禍以前の方式が復活した。二〇二二年から自宅にて選句を始めた私にとっては初めての事だ。

初顔合わせでは大いに緊張したが、幸い三先生は温かく迎えてくださった。四人が一堂に会して、選句は各自が真剣に、黙々と進める。そして休憩時間になると、当今の時事問題や俳句界の状況等が話題に上る。諸事に疎い私には勉強になることばかりだ。

二〇二三年も世界のあちこちで紛争は続き、戦火の止む気配はない。何よりも心が痛む。そんな世界情勢からスポーツ界の出来事、そして日常生活まで、毎週皆さんから時宜を得た俳句が寄せられる。ただいま「時宜を得た」と言ったが、これが新聞の特色だ。「俳壇」欄は毎週あり、投句は毎日送られてくる。朝日新聞の読者であれば現今の世界情勢を捉えることには鋭敏で、その時々の話題が逸早《いちはや》く俳句の句材となり、一気にどっと来る。

むしろ私の方が無自覚でいたことがある。集合選句を行う時、朝日新聞社の担当の方が同席し、はがきの束を選者へスムーズに移動させ、アドバイス等もくださる。その中で「新聞の性格上、できるだけ現在の季節の句を載せることがふさわしい」と言われた。つまり選句が二月はじめだとすると、投句されている句は今まで過ごしてきた冬の季語がもっとも多く、そこに徐々に「立春」をはじめとする春の句が増えてくる。その時期だと、たとえば夏の「暑さ」や秋の「柿」などを季語として詠んだ句は採られにくいということになるのでご留意を。

選句の嬉しさは、新しい俳句に出会えることだ。作者の心が動き、それを一句にまとめる。その心の震えが選者に伝わる。このなま身の心と心のやりとりに、ＡＩの入り込む余地はない。

新春詠

ひとつとせ

長谷川　櫂

ひとつとせ汀子羽子板藤娘
初富士や半分はまだ闇の中
からまつに戦争の冬つづきけり

新年会

大串　章

初空を見上ぐ俳句と共に老い
今年こそ今年こそはと生きて来し
新年会企業戦士の皆老いて

猫は人は

高山れおな

奥処《おくか》より葉も歯も朽ちて年つまる
歯科医追ふ口の中なる冬星を
年の夜や愛を歌ひて猫は人は

凧

小林　貴子

カピバラのやうな薄目に年送る
凧揚《たこあげ》や風通し良き心欲し
まつろはぬ諏訪の神より鎌鼬《かまいたち》

朝日俳壇　二〇二三年

【高山れおな選】　一月八日

ワクチンへ重ね著《ぎ》の腕しぼり出す　（大阪市）上西左大信

綿虫が飛べば俳人現るる　（今治市）横田青天子

身を反らす津軽三味線去年《こぞ》今年《ことし》　（弘前市）川口泰英

突き出しの煮凝《にこご》りに入る目玉かな　（市川市）をがはまなぶ

敵基地を叩《たた》く記憶の開戦日　（阪南市）岡本文子

初電車ドアより高き弓袋　（所沢市）木村　佑

舳《へさき》より山を拝めり漁始　（境港市）大谷和三

冬浅し日の斑《ふ》に遊ぶ子犬かな　（いわき市）岡田木花

冬光に後れ毛ふはり辻楽士　（ドイツ）ハルツォーク洋子

日本が勝つて布団を干しにけり　（山口市）西　やすのり

評

上西さん。「腕しぼり出す」が情けなくも巧《うま》い。横田さん。本物の昆虫マニアはともかく、綿虫などに興じるのは俳人くらい。その珍妙さを格調高く（？）詠んだ。川口さん。豪快な演奏と共に始まった一年。どんな年になるか。

【小林貴子選】　一月八日

なんとなく猿酒《ましらざけ》の香森深し　（前橋市）栗原　黎

咳《せき》聞かせ断る誘ひ電話口　（野洲市）深田清志

だんだんに沈んでをりぬ蓮根掘　（東京都）望月清彦

季語になきサッカー冬なきドーハに　（大津市）星野　暁

化かさんと都会に出づる狸《たぬき》かな　（京都市）武本保彦

木簡に恋のうたあり時雨虹　（東京都）石川笙児

行く年にうんざり来る年にデジャヴュ　（柏市）藤好　良

地味に生き派手に句作を去年今年　（さいたま市）齋藤紀子

火の色は見えず昼間のどんど焼き　（川崎市）久保田秀司

☆みな同じ赤い血のひと開戦日　（川崎市）風野　綾

（☆は二人以上の共選作）

評

一句目、猿が木の洞で醸す酒を猿酒という。どんな香りなのだろう。二句目、仮病を使う時、つい咳に頼ってしまう。三句目、水中に深く入る厳しい作業の様子。四句目のサッカーは冬季とする歳時記と載せない歳時記とがある。

【長谷川櫂選】　一月八日

天へまつすぐ冬木立の慟哭《どうこく》　（所沢市）木村　佑

戦争は心の破壊霜の朝　（新宮市）中西　洋

冬休白い世界をもらひけり　（札幌市）関根まどか

硝子《ガラス》戸の歌か嘆きか隙間風　（越谷市）新井髙四郎

☆みな同じ赤い血のひと開戦日　（川崎市）風野　綾

居心地の悪きこの世や漱石忌　（玉野市）北村和枝

働きて働きて老ゆ木の葉髪　（泉大津市）多田羅初美

武器論議まさかまさかの年の暮　（東京都）片岡マサ

年の瀬や松持たされて妻のあと　（東京都）髙木靖之

人助けこれぞ男や根深汁　（武蔵野市）西川元茂

評

一席。冬木立の声なき声に耳を澄ましている。木ならずとも、昨今嘆くこと多し。二席。痛み、苦しみ、悲しみ。双方の人の心をずたずたにする。三席。目を覚ませば銀世界。札幌の人。十句目。人助けは男だけにかぎらない。

【大串章選】　一月八日

寿命てふ言葉しみじみ冬ぬくし　（境港市）大谷和三

水鳥の飛び立ちて水尾途切れけり　（東かがわ市）桑島正樹

通夜終へて一人家路につく寒さ　（大村市）小谷一夫

天空に時を彩る冬紅葉　（蒲郡市）牧原祐三

単線のホームの灯消え冬銀河　（姫路市）西村正子

曾孫《ひいまご》の重きを抱きて日向ぼこ　（泉大津市）多田羅初美

見渡せば老人ばかり年の暮　（本庄市）篠原伸允

マフラーのまま焼肉を裏返す　（東京都）竹内宗一郎

冬の蜂皇帝ダリア飛び回る　（東京都）小出　功

初氷踏む笑ひ声登校す　（北本市）萩原行博

評　第一句。年を取ると「寿命」が気になる。厚生労働省の発表（2022年）によると、日本人の平均寿命は男性が81・47年、女性が87・57年。第二句。「飛び立ちて／途切れけり」のリズムが佳《よ》い。第三句。この「寒さ」は体感と心情を示す。

【小林貴子選】　一月十五日

石畳硬きが響く三日かな　（玉野市）勝村　博

矛も盾も武器新年に戦あるな　（別府市）梅木兜士彌

親ガチャと悲しい言葉去年今年　（立川市）笹間　茂

悴《かじか》むや土手の駅伝選手待ち　（東大阪市）宗本智之

愛あれば愛とは何ぞ虎落笛《もがりぶえ》　（さいたま市）笹川たか子

古暦推しの写真は切り取つて　（大阪市）酒井湧水

制服の採寸嬉し春を待つ　（国分寺市）毛利親雄

蒲団《ふとん》から手を小舟から出すやうに　（佐倉市）葛西茂美

明日の種土に抱きて枯野かな　（川崎市）八嶋智津子

生き甲斐《がい》も教える俳壇冬ぬくし　（岐阜市）吉田晃啓

評

一句目の「三日」は一月三日。石畳の硬質の響きが、新年の心を引き締める。二句目、「防衛」の問われる今、心新たに恒久平和を希求する。三句目、「親ガチャ」を私は諾《うべな》わない。私は私の二親からしか生まれなかったのだから。

【長谷川櫂選】　一月十五日

父奪ひたる十二月八日　（合志市）坂田美代子

☆湯たんぽの湯で顔洗ふ昭和かな　（高崎市）菊池王雄

もみ殻は玉座の如《ごと》し寒卵　（三郷市）岡崎正宏

地獄へと落つる祖国の冬ふかし　（福島県伊達市）佐藤　茂

引けばなほ転がる毛糸玉妖し　（我孫子市）藤崎幸恵

サンタ帽孫に一瞥《いちべつ》されしのみ　（栃木県壬生町）あらゐひとし

足腰を鍛へて待つは次の年　（岩手県矢巾町）齋藤利沙

老齢や捨つるを惜しむ年の暮　（村上市）北里牛蔵

抱きたくも足の離さぬ湯婆《たんぽ》かな　（東京都）伊藤直司

無駄話むだにはならず日向ぼこ　（富士市）蒲　康裕

評

一席。自分だけの十二月八日。簡潔にして揺るがず。二席。こうした日本人の美徳が失われてしまった。いつの間にか。三席。ふわりと籾殻《もみがら》に。パック詰めではこうはいかない。十句目。情報収集であり、世間勉強でもある。

【大串章選】　一月十五日

正論のやがて愚論やおでん酒　（岐阜市）金子秀重

老いの身を恃《たの》みて電気毛布かな　（伊丹市）保理江順子

断捨離も終活も終へ日向ぼこ　（今治市）横田青天子

父祖に謝し大地を讃《たた》へ大根抜く　（茅ヶ崎市）清水呑舟

洗はれて光積まるる大根かな　（いわき市）馬目弘平

着ぶくれを厭《いと》はぬ齢《とし》となりにけり　（西宮市）間宮和子

枯れふかむ山をかさねて無人駅　（長野市）縣　展子

冬凪《ふゆなぎ》や漁船帰るを猫の待つ　（塩尻市）古厩林生

寒禽の声を目で聞く双眼鏡　（神奈川県二宮町）森下忠隆

年の瀬や断捨離のあとさがしもの　（仙北市）安部哲男

評

第一句。おでん酒は美味《うま》い、つい飲み過ぎてしまう。正論・愚論はさらに妄論となり止《とど》まる所を知らない。第二句。「電気毛布」は有り難い。寒さを忘れて熟睡できる。第三句。これで一段落。心置きなく「日向ぼこ」を楽しむ。

【高山れおな選】　一月十五日

風向きに調べあるらし虎落笛　（筑西市）加田　怜

ナポリタンあちこちはねて一茶の忌　（東京都）各務雅憲

うすぐらい民宿にきて松葉蟹《まつばがに》　（福井市）佐々木博之

太陽と交信中の冬芽かな　（諫早市）後藤耕平

ロンドンはハットとコート小夜時雨　（東京都）松木長勝

灯を纏《まと》ふ枯木の下にバスを待つ　（千葉市）佐藤豊子

☆湯たんぽの湯で顔洗ふ昭和かな　（高崎市）菊池王雄

サッカーにやや救われて年歩む　（横浜市）一石浩司

顔見世やシネマで偲《しの》ぶ吉右衛門　（相模原市）石井理恵子

バラ買いのクジしのばせり懐手　（大津市）山本　智

評

加田さん。風の気配に五官を研ぎ澄ましている感じ。各務さん。ナポリタンは一茶的な食べ物なりと看破した。一茶忌は旧暦十一月十九日。佐々木さん。やや不本意そう。しかし、この淡々としたリアリズムは絶妙。これまた一茶的⁉

【長谷川櫂選】　一月二十二日

冷《すさ》まじや死を逃れ来て死にたしと
（オランダ）モーレンカンプふゆこ

たっぷりと寝正月して謀《はかりごと》
（大阪市）上西左大信

ふるさとをなくしたままの冬ふかし
（福島県伊達市）佐藤　茂

張りぼてといふといへども宝船
（山形県遊佐町）大江　進

熱燗《あつかん》の力貰《もろ》うて歌ひけり
（尼崎市）田中節夫

朝のまだ力はいらぬ初笑
（藤岡市）飯塚柚花

新調の空気枕や初湯殿
（桶川市）井上和枝

戦場のひとりひとりへ冬三日月
（本巣市）清水宏晏

熱燗や五臓と五腑《ふ》を駆けめぐる
（東京都）小山公商

評　一席。死ぬより辛《つら》い。そんな現実が世界中で広がっている。二席。一年の計は元旦にあり？　何の謀略だろうか。九句目。五臓五腑？「私、胃がありません」とある。

【大串章選】　一月二十二日

読み初めや三度手に取る難読書　（名古屋市）池内真澄

百歳にして健筆の賀状くる　（合志市）坂田美代子

日向ぼこ彼岸此岸《しがん》の境なし　（奈良市）上田秋霜

☆卒論の構想を練る初湯かな　（さいたま市）伊達裕子

廃屋と思ひし門に注連飾り《しめかざり》　（横浜市）瀬古修治

冬の暮何でもありの時代なり　（武蔵野市）西川元茂

推敲《すいこう》の堂々めぐり去年今年　（栃木県壬生町）あらゐひとし

なにもかも捨てし枯木に希望あり　（東京都）無京水彦

歌がるた声と手と手の協奏曲　（東京都）岸田季生

評　第一句。「読み初め」には気合が入る。「難読書」はやがて愛読書になる。第二句。「百歳」の「健筆」には励まされる。有り難い「賀状」である。

【高山れおな選】　一月二十二日

読み初めにしづかな本を選びけり　（名古屋市）池内真澄

住所氏名年齢不詳雪女郎　（仙台市）鎌田　魁

大学を出てから来いと鷹師《たかし》言ふ　（栃木県壬生町）あらゐひとし

対岸の銀杏《いちょう》の四季や散り初める　（大阪市）橋本多津子

パチンコ玉手にしたままの御慶かな　（霧島市）久野茂樹

杖もてど魔女にもなれず月凍る　（岡崎市）金丸智子

夜学子を見送る猫の賢顔《かしこがお》　（相模原市）芝岡友衛

日記買ひ今日の日記にしるしけり　（福島県伊達市）丘野沙羅子

むかしなかよしの仔ねこがいたんだよ　（新潟県弥彦村）熊木和仁

初夢や選者揃《そろ》ひて吾を向く　（東京都）牧野浩子

評　池内さん。穏やかな随筆などか。白っぽい装幀《そうてい》に違いない。鎌田さん。雪女郎は近世初頭からある季語だが、現代になって人気はいや増すばかり。何もかも不詳の淋《さび》しさ。あらゐさん。弟子入り希望の若者に向かって言うらしい。

【小林貴子選】　一月二十二日

☆卒論の構想を練る初湯かな　（さいたま市）伊達裕子

縄張りを争ひ啼《な》くや去年今年　（東京都）岡村一道

消防車洗ふ手を止め笑ひ声　（枚方市）阪本美知子

早送りできぬものあり去年今年　（川崎市）多田　敬

絵《え》双六《すごろく》上がれば手持無沙汰かな　（東京都）野上　卓

元日のデートが決まる午前九時　（広島市）茶屋七軒

免許返し車庫に並べる冬菫《ふゆすみれ》　（豊中市）渡邉吾郎

能登荒《すさ》むリアウィンドウの波の花　（横浜市）新倉正二

賀状出す終《しま》う言葉も掠《かす》れがち　（藤沢市）武藤元子

水鳥の脚を抱へて潜《かず》きけり　（千葉市）愛川弘文

評　一句目、卒論に取り組む人にとって一月は特別だ。実り多き内容となるように。二句目は鳥獣のことかと思いきや、一部の人間の悪《あ》しき本性か。三句目の消防車はピカピカ。プロの愛。四句目、映画を二倍速で見る風潮ってどう？

【大串章選】　一月二十九日

山眠る命あるもの眠らしめ　（境港市）大谷和三

人生を彩る俳句山眠る　（神戸市）森木道典

冬帝や薪《まき》を砦《とりで》とする山家　（伊万里市）萩原豊彦

雪の谷五つの灯あり暮しあり　（北本市）萩原行博

星の夜の民話の里の軒つらら　（日立市）加藤　宙

寒椿《かんつばき》世を憂ふかに六地蔵　（横浜市）御手洗征夫

寒禽のしづかにをりぬ我もまた　（東京都）望月清彦

着ぶくれて戦火の語り部白寿なり　（東大和市）田畑春酔

黒板も机も椅子も冬休　（大阪市）行者　婉

紅葉山囲む秘湯の夜明けかな　（小城市）福地子道

評

第一句。「眠らしめ」が大らかで佳い。冬になるとさまざまな生き物が冬眠する。第二句。俳句は人生を豊かにする。俳句が生き甲斐という人も居る。第三句。「薪を砦」が言い得て妙。冬に備えて薪が壁沿いに積まれている。

【高山れおな選】　一月二十九日

初雀《はつすずめ》群れゐて半導体不足　（東京都）竹内宗一郎

戦争が氷のやうに笑ひをる　（柏市）物江里人

やきとりの炭火に見入る春星忌《しゅんせいき》　（箕面市）櫻井宗和

羽繕ひするごと俳句詠み始む　（さぬき市）鈴木幸江

太陽を横切りスノーボード翔ぶ　（日光市）土屋恵子

高々と足をどらせて初稽古　（熊本県氷川町）秋山千代子

古日記よくもこんなに長々と　（塩尻市）古厩林生

皇帝ダリヤ一気に枯れていさぎよし　（厚木市）花上直之

荒星をぶちまきし下救急車　（越谷市）新井高四郎

シャボンだまふゆにとばせばあたたかい　（成田市）かとうあまね

評

竹内さん。世界的半導体不足と初雀。無関係だが小さな物同士の対照の妙。物江さん。「笑ひをる」が静かに怖い。櫻井さん。春星は蕪村の画号。意外な場所で見つけた、蕪村的な美？　十席。石鹼玉《しゃぼんだま》が冬日に輝く。作者は七歳。

【小林貴子選】　一月二十九日

一月の句帳一句目の筆圧　（川越市）渡邉　隆

数へ日や進まぬ方のレジの列　（野田市）松本侑一

太陽はかそかに逝きて生つなぐ　（川崎市）町田治之

ミレドシラ竪琴かしら霜ばしら　（東京都）原　千弘

採点す宿直室に湯気立てて　（日立市）加藤　宙

潰れおりカバンの中の冬帽子　（横浜市）橋　秀文

冬も外《と》に出よと言はれて水切りす　（山陽小野田市）磯谷祐三

寒鴉《かんがらす》議事堂前に集結す　（小平市）本多達郎

世の中の謎引き受けて鎌鼬《かまいたち》　（青森市）天童光宏

正月も平らに過ごしひとり飯　（前橋市）立見莞爾

評

一句目、新年の一句目が出来た。心新たにくっきり書こう。二句目、自分の列の進みが遅いと、つい思ってしまう。三句目、冬至を「一陽来復」という。衰えた太陽がこの日から再生するという意味で、その意を詠んだ句と鑑賞。

【長谷川櫂選】　一月二十九日

闇汁にロシアの戦車らしきもの　（境港市）大谷和三

無の世界以心伝心白き雪　（新宮市）中西　洋

日本列島ご破算にして大寒波　（水戸市）加藤木よういち

寒さにはあらず怒りに震へをり　（八王子市）額田浩文

核の無き八十億の春を待つ　（福島県伊達市）佐藤　茂

天空は風の遊び場いかのぼり　（大村市）小谷一夫

軒の殺気杖もて払ふ氷柱《つらら》かな　（島根県邑南町）椿　博行

ぶるぶると震ひて餅の生まれけり　（長崎市）下道信雄

一万歩行けば鵯《ひよどり》上戸《じょうご》の実　（熊谷市）内野　修

いつも妻坐《すわ》りしところ日向ぼこ　（山口県田布施町）山花芳秋

評

一席。真っ暗がりで鍋の中を探ると…。誰が入れた？　二席。まず字面が美しい。条幅に書き流したいような。三席。「ご破算」が「破産」と聞こえる。四方八方に難問山積み。十句目。二人だったのに、いつの間にかひとり。

【高山れおな選】 二月五日

学問の道を登れば焼芋屋　（川崎市）小関　新

福藁《ふくわら》をポニーがぜんぶ食べてしまう　（山形県遊佐町）大江　進

寒濤《かんとう》に叫ぶ少年叫べ叫べ　（下田市）森本幸平

年玉に手刀切る子あどけなや　（東大阪市）加藤直子

とびきりの笑顔の巫女《みこ》の破魔矢受く　（町田市）河野奉令

クレーター朝の樹間や寒の月　（船橋市）斉木直哉

大寒の手にアルコール噴霧せる　（東京都）野上　卓

口開けて富士より高き凧《たこ》をあぐ　（三郷市）村山邦保

羊日《ようじつ》や達磨《だるま》のごときゴミ袋　（町田市）田中祥治

意味のなき戦いの意味滝凍る　（蒲郡市）牧原祐三

評

小関さん。学校のある道、学びを極めること自体――「学問の道」のダブルミーニングが面白い。大江さん。福藁もご馳走《ちそう》。芭蕉に〈道の辺の木槿《むくげ》は馬に食はれけり〉。森本さん。下五の呼びかけにこもる、若さへの共感が良い。

【小林貴子選】　二月五日

冬を詠む心に窓のある如し　（神戸市）森木道典

老僧と前世を笑ひ狸汁　（日野市）菅原　悟

自衛とは見ての通りの海鼠《なまこ》かな　（東京都）三輪　憲

おでん屋の娘と恋に落ちにけり　（霧島市）久野茂樹

年迎ふラジオ体操まだ曲がる　（横浜市）田島小夜里

手渡して仕事始のお弁当　（東京都）逢坂淳子

☆もう誰もあたためくれぬ悴む手　（八尾市）小池朱美

負け落ちし凧をしづかに抱き帰る　（敦賀市）中井一雄

膝毛布《ひざもうふ》じたばたしても始まらぬ　（苫小牧市）齊藤まさし

寒月夜船が出るぞと父逝けり　（宮崎市）山野楓子

評　一句目、冬の一切も、春の兆しも、この窓からよく見える。二句目、僧と三界を語るのは奥深いが、共に狸汁を食べるところが一気に可笑《おか》しい。三句目、海鼠はこれからも「敵基地攻撃能力」なんて持たない。四句目、アツアツ！

【長谷川櫂選】　二月五日

枯蟷螂《かれとうろう》いつしか頭なかりけり　（川越市）大野宥之介

ラグビーの力ほどいてノーサイド　（西東京市）岡崎　実

儚《はかな》さは松過ぎにあり酒を汲《く》む　（三郷市）岡崎正宏

初明り大炎上のわが家かと　（小城市）福地子道

福島の来ぬ春を待つまちぼうけ　（福島県伊達市）佐藤　茂

偕老《かいろう》の叶《かな》はず屠蘇《とそ》を酌みにけり　（福島県三春町）佐久間秀男

☆もう誰もあたためくれぬ悴む手　（八尾市）小池朱美

風花の思ひ出すかに舞ひ戻る　（越谷市）新井高四郎

詩心を与へよ吾に寒すばる　（茅ヶ崎市）藤田真知子

入歯にて食べ尽したる節料理　（京都市）室　達朗

評

一席。カマキリの頭がもげている。すさまじい命の把握。二席。この「力」とは選手たちの心と体の緊張感。スタンドもまた。三席。正月気分のさめた、とりとめなさ。上々の儚さ。十句目。まずはつつがなく今年の一日目。

【大串章選】　二月五日

日本一登山者多き山笑ふ　（八王子市）徳永松雄

負けん気が身を乗り出して歌留多取り　（霧島市）久野茂樹

知らで来し限界集落雪女　（和歌山市）小出さとみ

控へ目の質《たち》は歌留多をとる時も　（長崎市）徳永桂子

冬耕の暮れて祈りの人となる　（八王子市）長尾　博

探梅や亡き兜太云《い》ふ問題児　（船橋市）斉木直哉

古日記空白の日の重たさや　（東京都）佐藤幹夫

海苔《のり》干すや貝殻拾ふ親子連れ　（相模原市）はやし　央

賀状書く一人ひとりに語りかけ　（大和市）荒井　修

雪晴《ゆきばれ》に心躍らせ峡《かい》に住む　（島根県邑南町）服部康人

評

第一句。この山は何処《どこ》だろう。一度登ってみたい。「山笑ふ」が好い。第二句。虎視眈々《こしたんたん》と取り札を狙っている。「身を乗り出して」に臨場感あり。第三句。「限界集落」と「雪女」の取合せに注目、雪女の表情や如何《いか》に。

【小林貴子選】　二月十二日

難波江《なにわえ》や迷ひ鯨が潮を吹く　（秦野市）加藤三朗

針が指す時刻阪神震災忌　（奈良市）中島　澪

木の根開《あ》く土に両手で触れてみる　（羽村市）鈴木さゆり

恵方とてどうにもならぬ事もある　（相模原市）渡辺一充

蹴鞠《けまり》初め「アリ」「ヤア」「オウ」の掛け声す　（東京都）胡口靖夫

この扉開けて光の卒業日　（高松市）髙田尚閑

☆兜太の忌身体《からだ》全部を俳句にす　（八尾市）宮川一樹

もう一杯草鞋酒《わらじざけ》欲《ほ》る寒夜かな　（高山市）直井照男

寒暁の今も新鮮ＹＭＯ　（塩尻市）古畑富美江

受験子の足ぶらぶらと控室　（松山市）正岡唯真

評　一句目、大阪に現れた迷い鯨がすかさず詠まれ、歌語「難波江」を用いたところに心惹《ひ》かれる。二句目、追悼の念を新たに、一月十七日のあの時刻がまた巡る。三句目の「木の根開く」は樹木の周りで逸早く雪解けが始まること。

【長谷川櫂選】　二月十二日

白鳥来人間界の汀《みぎわ》まで　（下野市）久保田　清

☆兜太の忌身体全部を俳句にす　（八尾市）宮川一樹

春泥のごとき宿墨拭き取りぬ　（三鷹市）二瀬佐恵子

生む力身籠《みごも》る力寒卵　（茅ヶ崎市）清水呑舟

春隣見えないけれど死の隣　（筑紫野市）二宮正博

駅裏は枯れ駅前は殺風景　（栃木県壬生町）あらゐひとし

左義長や神仏ともに火の柱　（青梅市）市川蘆舟

三歳は三歳の音落葉道　（長崎市）田中正和

丸の内北口花粉症の群　（東京都）竹内宗一郎

新聞とテレビが世間炬燵《こたつ》の間　（高松市）村川　昇

評　一席。果てしない自然界から人間界へ。渡り鳥は悠久の旅人。二席。自分の一切を肯定する。身体ばかりでなく。三席。硯《すずり》にこびりついた墨。いわば墨のぬかるみ。十句目。ご近所や友だちからも遠く。コロナごもりの果て。

【大串章選】　二月十二日

熱燗や黒澤小津よと盛り上り　（越谷市）奥名房子

白鳥と闇を分け合ふ過疎の村　（奈良市）田村英一

寒梅や山里の湯に昼日中　（本庄市）篠原伸允

冬杣《ふゆそま》や若き移住者恃《たの》みとす　（東村山市）髙橋喜和

鰭酒《ひれざけ》や老いのさびしさ笑ひ合ひ　（羽曳野市）菊川善博

若者が声かけくれる日向ぼこ　（オランダ）モーレンカンプふゆこ

ひとり座す若者多き冬のカフェ　（柏市）正野貴子

火葬場は雪原の中陽眩《まぶ》し　（沼津市）石川義倫

どの子にも蜜柑《みかん》をひとつ良寛忌　（高松市）島田章平

人生は岐路の連続冬の月　（札幌市）伊藤　哲

評　第一句。黒澤明監督の「羅生門」や小津安二郎監督の「東京物語」など話は尽きない。楽しいひと時。第二句。「白鳥」は「闇」の中の光。過疎村を廃村にしてはならない。第三句。旅先での露天風呂だろう。身も心も温まる感じ。

【高山れおな選】　二月十二日

眠らざる獣は鳴けり山眠る　（栃木県壬生町）あらゐひとし

するのしないのどうするの畳替　（岡山市）大石和昭

冬北斗指折り見れば句の宇宙　（長崎市）下道信雄

月隠す雲を焦がして大どんど　（名古屋市）江部幸夫

東京の谷の一月神田川　（国立市）加藤正文

あれこれを入れて七草粥《ななくさがゆ》もどき　（岸和田市）青木洋子

冬籠《ふゆごもり》土の生みたるもの喰《くら》ふ　（仙台市）柿坂伸子

うそ替える独りで生れ九十歳　（新座市）丸山巌子

初空やういてしずんで竹とんぼ　（取手市）金田好生

実朝忌虚子の墓にも参りけり　（鎌倉市）吉田和彦

評

あらゐさん。鳴いたのは猿か鹿か。同時投句の〈駅裏は枯れ駅前は殺風景〉もやはり対比の構図が効果的だ。大石さん。畳みかけるような調子が命の句、畳の話だけに。下道さん。星を数える動作と音数を数える動作が重なって。

【長谷川櫂選】　二月十九日

一汁と一菜それに寒の水　（所沢市）岡部　泉

大寒の街閉ぢ込める空の青　（神奈川県松田町）山本けんえい

一絃《いちげん》の琴の如しや寒の水　（鎌倉市）石川洋一

太陽は雪国の花大いなり　（長野市）縣　展子

がうがうと洗ひ場奔《はし》る雪解水《ゆきげみず》　（矢板市）鈴木文代

再会の友みなマスクの下に老ゆ　（横浜市）下島章寿

悴みて洗濯ばさみ弾《はじ》け飛ぶ　（秦野市）小巻一吉

子らが来て二日の家の狭さかな　（宇城市）光永金司

夫《つま》と選《よ》る夫へのバレンタインチョコ　（伊丹市）保理江順子

ふるさとの渋谷が死んでゆく余寒　（武蔵野市）相坂　康

評　一席。簡潔な食事を描く簡潔な一句。たまにはいい。二席。街にいて空を仰ぐ。青く透明な蓋《ふた》。三席。凜々《りんりん》と震える寒の水。音なき音に心の耳を澄ませている。十句目。変貌《へんぼう》をつづける渋谷。その昔、春の小川も流れていた。

【大串章選】　二月十九日

席譲る八十路《やそじ》の気骨春立てり
（山梨県市川三郷町）笠井　彰

山国の山かき消して吹雪けり
（長野市）縣　展子

朝市の顔となりけり頬被《ほおかむり》
（大村市）小谷一夫

白梅の香に紅梅の蕾《つぼみ》かな
（川越市）大野宥之介

看取《みと》る人看取られる人春を待つ
（神戸市）岸田　健

まだ誰も踏まぬ参道霜の道
（河内長野市）西森正治

廃屋と見えぬ障子の白さかな
（山口市）吉次　薫

少しづつ年取ってゆく寒さかな
（横浜市）込宮正一

病棟の少年窓辺に春をまつ
（川口市）青柳　悠

評

第一句。健やかな八十路。この気骨は人生を全うする気骨でもある。見習いたい。第二句。山国の山々が見えなくなるほどの猛吹雪、ホワイトアウトに要注意。

【高山れおな選】　二月十九日

地吹雪を一人し潜り下校せし　（高岡市）新井久男

裸婦像の胸のせせらぎ雪解水　（甲府市）辻　基倫子

過ちをまた繰り返し猫の恋　（富士市）村松敦視

化けの皮はがれた顔がある焚火《たきび》　（埼玉県寄居町）水野勝浩

風花や景みなスローモーションに　（高山市）大下雅子

ラーメンを喰《く》ひて氷雨へ踏み出せり　（藤沢市）朝広三猫子

戦ふは祖国と祖国菜の花忌　（東村山市）新保方樹

背中からおんぶお化けのごとき冷え　（宮崎県川南町）久米まさはる

☆田舎はかう昔はかうと納豆汁　（大和市）髙橋光男

思ひ出に雪に纏《まつ》はること多く　（島根県邑南町）服部康人

評　新井さん。上の「し」は強調の助詞。下の連体止めの「し」の余韻が道程の沈《ちん》鬱《うつ》さを伝える。辻さん。着眼のやさしさ濃《こま》やかさ。村松さん。猫たちにすれば大きなお世話だろう。三橋敏雄に〈あやまちはくりかへします秋の暮〉。

【小林貴子選】　二月十九日

寒卵んごろんごろと転がれり　（箕面市）吉田　融
前乗りの島の生徒ら大試験　（西海市）田川育枝
まともには咲けぬ嘴傷《はしきず》寒椿　（堺市）松本みゆき
歳時記の桜に付箋《ふせん》姉逝きぬ　（高崎市）八木千鶴子
餌やれば無言で我を噛《か》む兎《うさぎ》　（三重県菰野町）八朔陽子
☆田舎はかう昔はかうと納豆汁　（大和市）髙橋光男
ステーキを奮発したる兜太の忌　（東京都）各務雅憲
木菟《みみずく》はかわゆし生き餌まがまがし　（奈良市）藤岡道子
髪切ったね言葉が大事春近し　（甲府市）藤巻嘉秀
甲板に転がる鱈《たら》のでかい腹　（北海道当別町）古川周三

評　一句目、「ん」から始まるこの擬音を音読すると楽しい。二句目、島の子は一泊多くなる。頑張れ、島の子。三句目、つぼみの時に霜害にあった花は、咲いても痕が残り痛々しい。四句目、お姉さんの分まで桜を詠んでください。

【大串章選】　二月二十六日

凧揚げてさびつく脳を醒《さ》ましけり　（成田市）神郡一成

点滴を春の小川とおもひけり　（茨城県阿見町）鬼形のふゆき

万葉の歌の山なる初音かな　（大阪市）今井文雄

末黒野《すぐろの》や心の杖の置きどころ　（京都市）室　達朗

雪女列車止めたる力技　（羽咋市）北野みや子

古稀《こき》からのピアノ修行や日脚伸ぶ　（新潟市）中村昭義

雪晴れや句帳を置いて母逝きぬ　（奈良市）藤岡道子

山寺に生れ村人と年酒酌む　（戸田市）蜂巣厚子

豪雪に耐へて蠟梅《ろうばい》咲きにほふ　（長岡市）内藤　孝

算数を八歳と解く冬温《ふゆぬく》し　（東京都）中村健子

評

第一句。「さびつく脳」と言い「醒ましけり」と言ったところが面白い。因《ちな》みに、作者は92歳。第二句。唱歌「♪春の小川はさらさら行くよ」を思いながら点滴をしている。第三句。万葉人もこうして初音を聞いていたのだ。感慨深い。

【高山れおな選】　二月二十六日

春の野は幼《おさな》馴染《なじみ》と来るところ　（京田辺市）加藤草児

鶯替《うそかえ》の渦の遅速へ巫女の声　（大阪市）上西左大信

雪見酒猫は液体さう思ふ　（岐阜県垂井町）北嶋克司

大陸の核の国より寒波かな　（千葉市）團野耕一

皇帝ダリア巨人の国の花なるや　（川崎市）高畑遠洋

大寒の新規開店列をなす　（横浜市）大駒泰子

電子音街頭に殖え春兆す　（別府市）梅木兜士彌

春近き地に目覚めたる蛇行剣　（日立市）加藤　宙

麗《うらら》かやオープンカーにおじいさん　（三浦市）松本礼子

鏡台に異形の瓶や春兆す　（大和郡山市）宮本陶生

評

加藤さん。思い出と今が混じり合う春の野。上西さん。「巫女の声」という突き放した言い方が不思議な余韻を引く。北嶋さん。猫って液体みたいだという唐突な思いつきを自分で面白がっている。良い酒なのだろう、そう思う。

【小林貴子選】　二月二十六日

子も親も覚むるまで寝る朝の雪　（広島市）熊谷　純

やる気なく放物線に豆撒《ま》くや　（三鷹市）宮野隆一郎

厳寒は拳骨《げんこつ》のごと地に落ちる　（三郷市）岡崎正宏

ドラえもん恋猫となる季節かな　（つくば市）小林浦波

振りそでのそでを八十路の綿入れに　（東京都）酒光幸子

☆凍鶴《いてづる》のごと長考の羽生九段　（東京都）小山公商

コールセンター色とりどりの膝毛布　（岐阜県神戸町）林　宏尚

風花やオーバースカートはレース　（久留米市）塚本恭子

不味《まず》いのか喰はれ残りの実南天　（仙台市）古谷隆男

雪だるまに性別ありや髪飾り　（岩国市）冨田裕明

評

一句目、雪が降り、しんとした朝。思う存分眠れるのは幸せなことだ。二句目、投手の速球とは逆に、ポイッとするだけとは、何だか可笑しい。三句目、こちらの厳寒はガツンッと来た。四句目、そうだ、あいつはネコ型ロボット。

【長谷川櫂選】　二月二十六日

寝たきりの妻を包める淑気かな　（町田市）木村哲也

☆凍鶴のごと長考の羽生九段　（東京都）小山公商

原爆二発兎の目玉赤いま丶　（三郷市）岡崎正宏

戦争も平和も知つた雛《ひな》飾る　（吹田市）太田　昭

国境に憂ひありけり凧《いかのぼり》　（朝倉市）深町　明

死者の数戦果とは唇《くち》寒々し　（岡谷市）大島弘人

はとバスの旅の終はりの桜餅　（あきる野市）松宮明香

戦後すぐ兎飼ひたる頃の事　（宇部市）伊藤文策

プーチンはもつと恐いぞ雪女郎　（佐渡市）安藤　文

雪を掻《か》くめざすは夏の甲子園
（栃木県壬生町）あらゐひとし

評

一席。淑気とは正月のほのぼのとした空気。愛にも似ている。二席。凍れる鶴とは最上の賛辞。勝っても負けても羽生は羽生。三席。兎の目はなぜ赤いか。広島と長崎、二つの原爆のように。十句目。「センバツの無念」とある。

【高山れおな選】　三月五日

キリストに似たる顔有り猟仲間
（三重県明和町）西出泥舟

茹《ゆ》で卵つるんと剝《む》けて福は内
（横浜市）込宮正一

認知症テスト天才と出て年忘れ
（オランダ）モーレンカンプふゆこ

春来れば来れば来れり汀子の忌
（長野市）縣　展子

春を待つ絵馬からからからと鳴りにけり
（加古川市）森木史子

わけもなく声あげる児《こ》ら春立てり
（福津市）吉田ひろし

飛ぶやうに売れるたこ焼農具市
（志木市）谷村康志

舟が出るぞ二月の泥の信濃川
（横浜市）鶴巻千城

評　西出さん。「猟仲間」が利いている。淡々と言ったところも良い。込宮さん。節分の日、剝けたゆで卵の質感に自足の幸福を感じたのだ。豆は蒔《ま》いていまい。モーレンカンプさん。何と挨拶《あいさつ》すべきか。天才おめでとうございます⁉

【小林貴子選】　三月五日

腹立たぬ命令形や春よ来い　（霧島市）久野茂樹

柊《ひいらぎ》の缶切りされし葉っぱ挿す　（東京都府中市）矢島　博

格好好い春立つ夜のロック葬　（東京都）土生洋子

猫冬野行くまうじうの歩き方　（藤岡市）飯塚柚花

レギンスは憚《はばか》りながら股引《ももひき》ぞ　（岐阜市）三好政子

ストーブに炎の首輪ありにけり　（横浜市）山田知明

ねずみとれおきょうをまもれねこ仔ねこ　（新潟県弥彦村）熊木和仁

冬舞鶴ここへ着きしと復員兵　（下関市）粟屋邦夫

投石の跡ばかりなり厚氷　（印西市）加瀬由貴子

落選や水仙生けて気を直し　（京都府久御山町）島多尋子

評

一句目、「来い」は命令形だが「春よ来い」は優しい日本語と気づく。二句目、柊の葉はまさに缶切りで切った蓋のよう。三句目、カッコ良かった鮎川誠さん、そしてシーナさん。四句目、「猛獣」と漢字にする方が良かったか。

【長谷川櫂選】　三月五日

妹は白魚姉は桜貝　（津市）中山道治

朝寝とは淋しき自由夫退職　（高松市）信里由美子

うづもれてゆく福島の冬ふかし　（福島県伊達市）佐藤　茂

入学は風呂敷だつたランドセル　（厚木市）石井　修

陣形をラグビーボール乱しゆく　（静岡市）松村史基

しづもりて日本列島雪降れり　（加古川市）森木史子

死神は昼も夜もなし大氷柱　（筑西市）加田　怜

春愁や猿の駆使する核兵器　（福岡市）釋　蜩硯

春はまだ我が部屋にのみビバルディ　（豊岡市）山田耕治

寒蜆《かんしじみ》庭の浅瀬で漁《あさ》りけり　（東京都）松木長勝

評　一席。春の海の美しい娘たち。色も紅白とめでたい。二席。自由はときに淋しく、ときに苦しい。たいていの人は耐えられない。三席。何に埋もれてゆくのか。忘却に？　十句目。世田谷の家の庭を流れていた小川でとある。夢のごとし。

【大串章選】　三月五日

佐保姫の隣に座る無人駅　（寝屋川市）今西富幸

春泥を遊び道具に三つの子　（東京都）青木公正

探梅や今日といふ日の旅にをり　（名古屋市）加藤國基

老梅に花より多き神籤《みくじ》かな　（和歌山県かつらぎ町）北田建男

野球場一球ごとに春の声　（前橋市）武藤洋一

雪だるま連れて帰ると泣く子かな　（東京都）小山公商

不登校乗り越えわが子卒業す　（東京都）東　賢三郎

潮騒の神苑《しんえん》の歌碑日脚伸ぶ　（加古川市）森木史子

九十歳小雪舞ふ日の駅ピアノ　（新座市）丸山巌子

早梅の一番咲きは空家なり　（横浜市）佐藤一星

評

第一句。無人駅の日向で春を満喫する。因みに、「佐保姫」は春をつかさどる女神。第二句。泥まみれになって遊んでいる。「春泥」を「遊び道具」と言ったところがユニーク。第三句。人生は一日一日が旅。「探梅」は貴重な一日。

【小林貴子選】　三月十二日

生物に小春日と言ふ参加賞　（和歌山市）佐武次郎

☆句座重ね重ねて汀子忌を修《しゅ》す　（大阪市）酒井湧水

三《さん》・一一《いちいち》行方知れずのひなの夢　（柏市）正野貴子

うきうきと選手名鑑繰る球春　（東京都）三神玲子

地に海に痛みの欠片《かけら》震災忌　（須賀川市）佐藤安喜

春日なほかへるパンダを惜しみけり　（東京都）金子文衛

震災や小さな焚火囲む民　（石川県能登町）瀧上裕幸

性格が出ちゃう雪掻き大雑把　（札幌市）西原由佳

稚拙句も愛嬌《あいきょう》のうち花に酔ふ　（大和郡山市）宮本陶生

独裁者いない幸せ蝌蚪《かと》の国　（茅ヶ崎市）古田哲弥

評

一句目、ほっとする暖かさの小春を参加賞とは嬉しい発想だ。二句目、句会に精進することが稲畑汀子先生の供養になる。三句目、東日本大震災から十二年が巡る。四句目「球春」を春の季語にと、坪内稔典さんが言っている。

【長谷川櫂選】 三月十二日

人が人殺さぬ世界汀子の忌　（静岡市）松村史基

めんそーれ春のマンタの宙返る　（横浜市）桐谷篤輝

菜の花忌日本に覇気ありし頃　（紀の川市）中島紀生

またどこか地球が割れて冴返《さえかえ》る　（東京都）各務雅憲

春の山よりの一望　私《わたくし》す　（弘前市）川口泰英

余寒なほ我が身削つて看護師ら　（川口市）青柳　悠

春の月泣寝の仔犬ふところに　（安曇野市）丸山恵子

☆句座重ね重ねて汀子忌を修す　（大阪市）酒井湧水

鈴四つ土産に求む猫の産　（いわき市）岡田木花

ありがたや温水プール春の雪　（東京都府中市）志村耕一

評　一席。稲畑汀子の世界をぐっと広げる。遺《のこ》された門下の一句。二席。「めんそーれ」は歓迎の言葉。ようこそ、沖縄へ。三席。幕末明治の群像を描いた司馬遼太郎。二月十二日が命日。十句目。ガラスの外に降る雪を眺めながら。

【大串章選】　三月十二日

連凧の伸びゆく先に未来あり　（下関市）野﨑　薫

春の夢さめて兜太の色紙見る　（松本市）小林幸平

春一番畑の中の小学校　（所沢市）岡部　泉

薄氷《うすらい》の如き平和や泡一つ　（東久留米市）井上宜子

人絶えし瓦礫《がれき》の街に草萌《も》ゆる　（東京都）佐藤幹夫

五線譜に乗りたるやうにしやぼん玉　（神戸市）公江耀子

雨音の明るく能登の寒明くる　（輪島市）國田欽也

立読みの書肆《しょし》消ゆる街春寒し　（所沢市）小林貞夫

寒村の空き家を眺む雪女　（幸手市）藤井順子

考と妣《ひ》のアルバムのある春炬燵《はるごたつ》　（須賀川市）関根邦洋

評

　第一句。「連凧」から「未来あり」まで一気に言い下ろしたところが佳い。連凧を揚げているのは子供たちだろう。第二句。兜太先生の筆太の揮毫《きごう》が目に浮かぶ。懐かしい。第三句。農村の情景。私の故郷にもこんな小学校があった。

【高山れおな選】　三月十二日

春雪や大人も遊ぶ靴の跡　（東京都）岡村一道

屋根裏にすずめ蜂をる婆の家　（いわき市）岡田木花

吹く風のもう一つ向かう春が見え　（河内長野市）西森正治

それぞれの歳に合わせて春来る　（福岡市）釋　蜩硯

真夜中の大雪像の寝息かな　（札幌市）藤林正則

狼に飛び乗る兜太二月来る　（さいたま市）田中彼方

一連の目刺《めざし》に絆あるあはれ　（柏市）物江里人

ぬかるみにかいろ落ちてる通学路　（成田市）かとうゆみ

朝市の女飲み込む寒卵　（会津若松市）竹田破竹

よく肥えし春子《はるご》にバター香り立つ　（伊丹市）保理江順子

評

岡村さん。他人の足跡を見て自分も少し楽しくなっている。上五は残雪の方が良いか。岡田さん。怖い、これは怖い。西森さん。視野の開けた田園風景だろう。草木の動き、光の照り翳《かげ》りの距離による違いを粘っこく捉えている。

【長谷川櫂選】　三月十九日

これは妻これは娘へ桜貝　（京田辺市）加藤草児

東日本大震災忌充電す　（大阪市）今井文雄

侵攻のわかもの銃を手に凍ゆ　（川口市）青柳　悠

老いし身へ如何が如何がと春迫る　（伊那市）北原喜美恵

探梅行いまだ官能衰へず　（八千代市）浦　卓夫

渦をなす修羅二つ三つ裸押　（玉野市）勝村　博

ピアノ弾く指十本の春の音　（熊谷市）内野　修

桜鯛《さくらだい》眼下に青き渚《なぎさ》見ゆ　（新座市）丸山巌子

菜の花や鯨の迷ひ来たる海　（本庄市）佐野しげを

母もまた一人の女性花ミモザ　（筑後市）近藤史紀

評

一席。妻や娘の顔を思い浮かべながら。懐かしい愛の世界。二席。電気ではない。人としてのさまざまな思いを。三席。何も知らされず。ロシアはあわれ、ウクライナはけなげ。十句目。この心境になるには歳月と成長が要る。

【大串章選】　三月十九日

悪童のむかしを語る遍路かな　（大阪狭山市）中島伸也

晩学の文語文法日脚伸ぶ　（豊中市）渡邉吾郎

歳月の重み生家の蒲団かな　（東京都）須藤渉一

苗木植う過疎の故郷に夢託し　（兵庫県太子町）一寸木詩郷

万葉の昔を今に人麻呂忌　（福岡県鞍手町）松野賢珠

稽古場に長き一礼卒業す　（さいたま市）齋藤紀子

恋捨ててわが家の猫となりにけり　（福岡市）松尾康乃

百本の梅の盛りの静けさよ　（香川県琴平町）三宅久美子

葬送の列に白蝶紛れ込む　（川越市）大野宥之介

冴《さ》え返る昼の酒場の老二人　（尼崎市）松井博介

評

第一句。嘗《かつ》ての「悪童」が今は「遍路」。こういう人生もある。第二句。何歳から俳句を始められたのだろう。句作に「文語文法」は欠かせない。第三句。「歳月の重み」が言い得て妙。分厚く温かい生家の蒲団が懐かしい。

【高山れおな選】　三月十九日

少女の目少年の鼻ひな祭　（千葉市）宮城　治
蝶々の国に靴屋のなかりけり　（横浜市）山田知明
春は曙《あけぼの》　鳥栖《とす》駅は鶏そぼろ　（朝倉市）深町　明
原罪に余罪重ねて猫の恋　（柏市）藤嶋　務
泡沫《うたかた》の万のたましひ会陽《えよう》果つ　（玉野市）勝村　博
三月の真夜中の雨柔らかく　（名古屋市）川合規早子
恋猫はその抜け道を知つてゐる　（我孫子市）森住昌弘
投句せし日は満ち足りて春山河　（新潟市）田丸信子
焼芋も確《しか》と値上がりしてをりぬ　（宇部市）伊藤文策
雛祭百ほどもある女偏　（厚木市）奈良　握

評

宮城さん。雛祭に集う子供たちの目鼻と雛人形の目鼻がオーバーラップする。山田さん。メルヘンチックな奇想で蝶の飛翔《ひしょう》の軽やかさを表現。深町さん。鳥栖駅名物の立食《たちぐ》いうどんを詠む。七五五のやわらかな韻律が内容に相応。

【小林貴子選】　三月十九日

兜太忌の土筆《つくし》が太き頭出す　（柏市）青木美佐子

日向ぼこコスパもタイパも嫌ひなり　（東京都）無京水彦

春寒し晩年の母空運針《からうんしん》　（上尾市）伊藤京子

ハミングで歌詞を補ひひな祭　（柏市）木地　隆

相席でうな重を待つ茂吉の忌　（横浜市）髙野　茂

啓蟄《けいちつ》や地下に避難の人残し　（新潟市）嘉代祐一

梅真白もの見る時は後ろ手に　（四街道市）大塚厚子

高いたかいされて貰《もら》はれゆく子猫　（多摩市）金井　緑

斬りかかれ寒の三日月　唆《そその》かす　（武蔵野市）三井一夫

春ショール手染めの糸で編みにけり　（出雲市）中尾真紀子

評　一句目、こう言われると土筆の頭が兜太先生の頭に見えてくる。二句目、効率よく時間を使うことだけが偉いわけではない。人生では無駄や回り道も大事にしたい。三句目、私の母も半醒《はんせい》半睡の中で空運針をしていた。せつない。

【大串章選】　三月二十六日

冬日いま春日となりし山家かな　（立川市）細田秋水

仮装して登校の子らカーニバル

（ドイツ）ハルツォーク洋子

春の海箸置《はしおき》ほどの船浮けり　（横須賀市）今津美春

耕して能登の空へと進みけり　（三浦市）秦　孝浩

方言も旅のたのしみ山笑ふ　（大阪市）大塚俊雄

玉椿《たまつばき》二代で愛《め》づる古木かな　（伊丹市）保理江順子

園児らの仰げる高さ巣箱掛く　（多摩市）田中久幸

遠き日を引き寄せ雛を飾りけり　（奈良市）田村英一

透明感欠く世や我も春の闇　（船橋市）斉木直哉

学び舎《や》のマスク三年卒業す　（三郷市）村山邦保

評　第一句。春めく山家の光景を大らかに言いとめた。見事。第二句。今日はカーニバル、ドイツでは仮装して学校に行ける日。いかにもハルツォーク洋子さんらしい句。第三句。比喩「箸置ほどの」が佳い。「春の海」も効いている。

【高山れおな選】　三月二十六日

うららかや俳人修《しゅ》する歌人の忌　（八王子市）徳永松雄

残雪の空まで銀の石見かな　（東京都）吉竹　純

自画像を描いて小二へ進級す　（小城市）福地子道

竜天にミサイルの炸裂《さくれつ》止《や》まず　（千葉県栄町）池田祥子

ストーブを囲みて文語聖書読む　（千葉市）佐藤豊子

母子ともに元気や魚の氷に上る　（岐阜県神戸町）林　宏尚

群青の宵の稜線《りょうせん》誓子の忌　（川越市）大野宥之介

三月や旧道を来る鼓笛隊　（西東京市）芹沢嘉克

百千鳥そのまた奥に百千鳥　（伊万里市）萩原豊彦

啓蟄や米穀通帳見つけたり　（さいたま市）岡村行雄

評

徳永さん。歌人とは、西行か茂吉か啄木か。一句を手向けるだけだとしても、思い出すこと自体に充実感が。吉竹さん。銀山の地だから「空まで銀」。古様な作りだが実感もあり。福地さん。自画像の語がほほえましくも効果的。

【小林貴子選】 三月二十六日

うつぷんをぶつけて来たる春一番　（豊後高田市）榎本　孝

春昼や「ひるのいこい」の曲聞こえ　（栃木県高根沢町）大塚好雄

上等な霞をまとひたる外出　（北海道鹿追町）髙橋とも子

いつの間に春闘妥結してゐたる　（朝倉市）深町　明

なぐさめはゆるやかな責め忘れ雪　（佐渡市）千　草子

寒夕焼石牟礼道子偲ぶ海　（福岡市）藤掛博子

青春は密きらきらと卒業す　（高岡市）池田典恵

雛飾る子の無き妻の一途かな　（札幌市）藤林正則

春宵の義務とも違ふ努力義務　（相馬市）根岸浩一

ひたすらに虚空を睨《にら》む受験生　（富士宮市）高橋　弘

評

一句目、被害の出るほどの強風が天のうっぷん晴らしとは、言われれば納得。二句目、何十年たっても不変の曲の流れる時間に、ほっとする。三句目を読んで春にふと思う。今後も更に、お洒落やファッションの句を採りたいと。

【長谷川櫂選】　三月二十六日

東京に人のぼた山空襲忌　（岐阜県揖斐川町）野原　武

それぞれの時計が進む大試験　（静岡市）松村史基

湯にわれと花びら浮かぶ山の宿　（奈良市）藤岡道子

一椀のミルクに居付く子猫かな　（伊丹市）保理江順子

春風に浮かれマスクを忘れけり　（藤沢市）朝広三猫子

新妻のころをこころに白魚女　（津市）中山道治

囀《さえずり》や見えるところに一羽居《お》り　（玉野市）北村和枝

真ん中に置く湯豆腐の土鍋かな　（玉野市）加門美昭

夫《つま》も子も孫も曾孫《ひまご》も雛遊　（泉大津市）多田羅初美

春闘や死語と化したるストライキ　（大阪市）眞砂卓三

評

一席。どんな悲惨にも言葉は寄り添う。一九四五年三月十日。二席。受験生一人ひとりの思い。そして緊張感。三席。花疲れの身を休める。花びらとともに。十句目。その昔、交通ゼネストなるものもあった。すっかり様変わり。

【高山れおな選】　四月二日

春の日の細胞増殖旅へ出る　（神戸市）豊原清明

落葉松《からまつ》をのぼる暁光忘れ雪　（横浜市）正谷民夫

菜の花の蝶《ちょう》に化したる子規の庭　（大津市）星野　暁

もの思ふ少女となりて卒業す　（長野市）縣　展子

ダンスなど習ってみたき雛《ひいな》かな　（茨城県阿見町）丸尾弘美

いまだある戦死といふ死遠霞《とおがすみ》　（相模原市）志村宗明

白梅のこの木とあの木白違《たが》ふ　（一宮市）ひらばやしみきを

踏青や光纏《まと》へる女達　（岡崎市）都築利雄

春灯のみな揺れてゐる川面かな　（柏市）田頭玲子

生コンのどくどく昇る春の空　（横浜市）田中靖三

評　豊原さん。浮き立つような旅心を、意表を突く表現で。正谷さん。太陽ではなく、暁光が昇るとしたところが的確。星野さん。根岸の子規庵《あん》で蝶を見たのだろうか。作者の気の弾みが好奇心の塊《かたま》りだった子規の視線を思い出させる。

【小林貴子選】　四月二日

涅槃図《ねはんず》に謎の風呂敷包みかな　（飯塚市）讃岐　陽

さあ行くぞいいか筍《たけのこ》使節団　（鹿嶋市）津田正義

悩みごとなんやそれかと山笑ふ　（吹田市）髙嶋文範

啓蟄《けいちつ》の足音優しずむずむと　（岸和田市）小林　凜

卒業式先輩歌手のサプライズ　（玉野市）加門美昭

ちらほらの桜だよりや外向かす　（岐阜市）金子秀重

列島の土手に腰掛け春がゐる　（久喜市）三餘正孝

囀《さえず》らぬ鶏は土掻《か》くひたすらに　（相模原市）芝岡友衛

暗室に種芋となるこころざし　（札幌市）関根まどか

鷹鳩《たかはと》に化して成り立つ和睦かな　（郡上市）宮原岩男

評　一句目、謎があればこそ物語は楽しくなる。釈迦の母が投げた薬が……と絵解きも始まるだろう。二句目、筍は使節団だったのか。今年も無事に来てほしい。三句目、深刻な相談かと思ったら拍子抜け。安心して笑いたくもなる。

【長谷川櫂選】　四月二日

どよめきの一球春のどまん中　（横須賀市）前田あさ子

昭和の日子は子にあらず一供物　（東京都）片岡マサ

思ひ出に生きて一と年汀子の忌　（芦屋市）奥田好子

我老いて春の小川のやうに酒　（三郷市）岡崎正宏

球春や侍ジャパン一色に　（西海市）前田一草

紅梅は凜《りん》と白梅のびのびと　（青梅市）松野英昌

雛納《ひなおさめ》柱時計の馬鹿でかさ　（東京都）髙木秋尾

飛花落花わが病む乳房あたたかし　（伊豆市）原　順子

貸し借りの無き身の軽し春一番　（三田市）橋本貴美代

春風に最後の生徒見送りぬ　（東村山市）新保方樹

評　一席。一球ごとに一喜一憂。ＷＢＣとともに今年の春本番。二席。子どもは国への捧げもの。そんな時代でもあった。三席。思い出の中で生きてきたというのだ。稲畑汀子忌二月二十七日。十句目。卒業生を送る。最後とは。

【大串章選】　四月二日

縄文の遺跡の丘の初音かな　（石川県能登町）瀧上裕幸

西行忌五年日記に喜寿傘寿　（神奈川県二宮町）森下忠隆

山笑ふ笑ひだしたらとまらない　（狛江市）岩野記代

満州の父母の歳月霾《つちふ》りぬ　（諫早市）後藤耕平

春愁《うれ》ひ軍歌哀《かな》しきハーモニカ　（柏市）藤嶋　務

教へ子の親も教へ子卒業歌　（千葉市）愛川弘文

マスクとり大きな笑顔卒業子　（紀の川市）中島紀生

水温《みずぬる》む里よ小鮒《こぶな》を釣りし日よ　（神戸市）小柴智子

春光を打ち返しけり草野球　（横浜市）塚本文武

一輪に一輪の香や沈丁花《じんちょうげ》　（今治市）横田青天子

評

第一句。縄文時代の人々もこの丘で初音を聞いていたのだ。感慨深い。第二句。喜寿は77歳、傘寿は80歳、その差は3歳。「五年日記」に納まる。第三句。春はどんどん進んでゆく。正《まさ》に「笑ひだしたらとまらない」。俳諧味あり。

【小林貴子選】　四月九日

混沌《こんとん》の世のまま大江逝きし春　（伊賀市）福沢義男

前の駅出ましたランプ初桜　（東京都）竹内宗一郎

春暁や何かくれよと窓の猫　（長崎県小値賀町）中上庄一郎

大谷君素敵な春をありがとう　（春日部市）山岸誠二

3・11何をしてたか覚えてる　（豊中市）吉沢稠子

アルパカの毛のカーディガンいいだろう　（東京都）森　健司

門の前卒業式と手書き文字　（西宮市）宇津崎冨美子

人類の第一歩めく青き踏む　（会津若松市）竹田破竹

説明は丁寧にして四月馬鹿　（松山市）谷　茂男

昭和の和和へいわの和なり令和春　（東京都）酒光幸子

評

一句目、大江健三郎氏は昨今の世界に何を思われていたか。二句目、駅の接近表示が桜前線にもあると思えば、花時がいっそう楽しくなる。三句目のような猫に私は弱い。四句目はＷＢＣ一次ラウンド時点で優勝を予言したよう。

【長谷川櫂選】　四月九日

☆逃水を追ひし青春大江逝く　（大和市）岩下正文

淋《さび》しさの涯《はて》まで行けり放哉忌《ほうさいき》　（蒲郡市）牧原祐三

九十歳刻一刻の春惜しむ　（新座市）丸山巌子

プーチンの侵攻世界霾《つちふ》れり　（川口市）青柳　悠

大仏のごとくゴリラの春眠す　（草津市）あびこたろう

暖かや隣の庭に妻の声　（相模原市）志村宗明

春風やマスクはづせば別世界　（箕面市）櫻井宗和

なつかしき春風どこまでも故郷　（越谷市）新井髙四郎

福島の思ひ出だけの春惜しむ　（福島県伊達市）佐藤　茂

鶯《うぐいす》の声のものまね追ひつけず　（東京都）花里洋子

評

一席。到達できないものを求めていた青春時代。作家の生涯もまた。二席。とぼとぼと歩いていったのだ。〈咳《せき》をしても一人〉。三席。刻々と過ぎてゆく春。一瞬もおろそかにできない。十句目。人間の口笛では叶《かな》いそうにない。

【大串章選】　四月九日

☆アインシュタインの舌は一枚山笑う
（岐阜県揖斐川町）野原　武

梅林に兜太をさがす鮫《さめ》の群
（いわき市）馬目　空

露天風呂猿も一緒に山笑ふ
（塩尻市）古厩林生

五人囃子《ばやし》原爆反対叫びけり
（福岡市）釋　蜩硯

蛇穴を出づ若者は村を出づ
（島根県邑南町）椿　博行

春夕焼終《つい》の住処《すみか》に五十年
（加古川市）森木史子

梟《ふくろう》の棲《す》む里山に薪《まき》を割る
（小城市）福地子道

道遠きことのうれしき春田かな
（東京都）望月清彦

鳥帰る皆で手を振る餌場かな
（玉野市）加門美昭

☆逃水を追ひし青春大江逝く
（大和市）岩下正文

評

第一句。「舌出し写真」で有名なアインシュタインは著名な理論物理学者、決して二枚舌は使わない。第二句。鮫が兜太を探している。〈梅咲いて庭中に青鮫が来ている　兜太〉を踏まえて妙。第三句。「猿も一緒に」が楽しい。

【高山れおな選】　四月九日

恋猫のプーチンの目にたじろげり　（成田市）神郡一成
行き先は涅槃図の森けもの道　（霧島市）秋野三歩
神様の生まれたる日の蕨《わらび》かな　（相模原市）はやし　央
春入日《はるいりひ》沖は鯨の通ふみち　（取手市）金澤　昭
ふり向けば父が手を振る花いかだ　（川崎市）小関　新
我が友の如《ごと》く春愁寄りて来る　（津市）森島　雪
改行のごとき春雷また一つ　（鯖江市）木津和典
吹き荒《すさ》ぶ東風《こち》とはすなわち戦地より　（オランダ）モーレンカンプふゆこ
ふらここを押されて押して父となる　（甲府市）中村　彰
☆アインシュタインの舌は一枚山笑う　（岐阜県揖斐川町）野原　武

評

神郡さん。某誌の顔面相似形の名物企画を俳句でやると……。秋野さん。この森の奥でお釈迦様が動物たちに囲まれている⁉思いがけない幻想への飛躍だ。はやしさん。西脇順三郎の詩からの発想か。蕨の素朴な実在感が佳《よ》い。

【長谷川櫂選】　四月十六日

杏子《ももこ》とふ花の山姥《やまんば》大往生　（我孫子市）松村幸一

わが春暁たりしよ大江健三郎　（山口市）吉次　薫

孫達の土産の草の芳しき　（伊万里市）萩原豊彦

雨降つてはや杏《あんず》散る無尽蔵　（立川市）和田秀穂

大江逝く核ある春の地球より　（横浜市）飯島幹也

粉々にされし人生震災忌　（筑紫野市）二宮正博

☆花待たず我が青春の大江逝く　（武蔵野市）相坂　康

黒田杏子旅立つ永遠《とわ》の花行脚　（埼玉県宮代町）酒井忠正

恐竜の屍《しかばね》のごと雪残る　（新庄市）三浦大三

配達のピザここだここ花筵《はなむしろ》　（東京都）吉竹　純

評

大江健三郎さん、黒田杏子さんへの追悼あまた。一席。花の山姥！　本人も大喜びだろう。二席。希望と不安の春暁。作家と過ごした青春。三席。子どもの土産なればこそ。十句目。配達先を何と伝えるのか。今の花見風景。

【大串章選】　四月十六日

☆花待たず我が青春の大江逝く　（武蔵野市）相坂　康
縁側も土間も知らぬ子蓬餅《よもぎもち》　（高松市）島田章平
☆山寺に英語教室山笑ふ　（戸田市）蜂巣厚子
末黒野《すぐろの》の川月光を流しけり　（岡谷市）大島弘人
風光る湖畔のドイツレストラン　（敦賀市）中井一雄
何見る眼《め》何聞く耳や古雛《ふるひいな》　（境港市）大谷和三
春寒や薬缶《やかん》笛吹く湯気踊る　（大分県日出町）船木正高
☆植木市自祝の苗木選びけり　（東金市）村井松潭
丘ひとつ越えて登校春の雲　（宇治市）山田　修
退院は車椅子なり春帽子　（東京都）浦野史一

評

第一句。ノーベル文学賞作家大江健三郎が3月3日死去。相坂さんは青春時代、大江文学を熟読玩味されたのだ。第二句。嘗《かつ》ては縁側で日向ぼこをしたり土間で餅搗《もちつ》きをしたりした。第三句。「山寺」と「英語教室」の取合せが素敵。

【高山れおな選】　四月十六日

馬鹿になれさうでなれない三鬼の忌
（水戸市）加藤木よういち

催花雨《さいかう》未明大江健三郎の死
（東京都）河野公世

青春を絵に描いたごと落第す
（栃木県壬生町）あらゐひとし

白蝶のどれが鬼やら鬼ごっこ
（西海市）前田一草

エープリルフールにも読む聖書かな
（横浜市）飯島幹也

ぬくぬくと布団の中で春惜しむ
（東京都）青木千禾子

春塵《しゅんじん》や万太郎句碑入日《いりひ》射《さ》す
（横浜市）猪狩鳳保

消防団目刺《めざし》ばかりの反省会
（福知山市）森井敏行

☆山寺に英語教室山笑ふ
（戸田市）蜂巣厚子

良きニュース大谷頼み霾《よな》ぐもり
（千葉市）鈴木一成

評

加藤木さん。三鬼忌＝四月一日からの発想。スティーヴ・ジョブズは「ステイ・フーリッシュ」と言った。創造性と馬鹿になる事は無関係ではない。河野さん。深悼。あらゐさん。青春は創造性とは関係なく馬鹿だったりもする。

【小林貴子選】　四月十六日

☆植木市自祝の苗木選びけり　（東金市）村井松潭

天地《あめつち》のあはひ杏子の花吹雪　（一関市）砂金眠人

春塵や立候補待つ掲示板　（枚方市）清水博義

卒業式文語の多き校歌かな　（箕面市）藤堂俊英

風光るいいぞ我等《われら》がヌートバー　（千葉市）甲本照夫

カンガルーそこら寝そべり暖かし　（多摩市）岩見陸二

花筏《はないかだ》十八の春漕《こ》ぎ出《い》でむ　（白山市）中川あい

はるがくるもう二年生ドキドキだ　（岡山市）相田理志

春の土なほひろげむとシャベルの児《こ》　（西東京市）芹沢嘉克

始まりは舌打ちめける匂鳥《においどり》　（下関市）内田恒生

評

一句目、お祝いごとがあり、記念して庭に木を植えようと。春の「植木市」が明るい。二句目、黒田杏子さんが急逝された。桜の花巡礼を続けられたことを念頭に、悼む気持ちが深い。三句目、選挙の掲示板に、春塵が何となく皮肉。

【大串章選】　四月二十三日

天国へ移住の友と半仙戯《はんせんぎ》　（志木市）谷村康志

車椅子春の真ん中まで押して　（富士市）蒲　康裕

生涯の一書と出会ひ卒業す　（明石市）榧野　実

万葉の径《みち》の一歩に初音かな　（下関市）野﨑　薫

苗木植う百寿を目指す八十路《やそじ》かな　（南足柄市）吉澤フミ子

ふる里にうからの絶えて田螺《たにし》鳴く　（対馬市）神宮斉之

勢子《せこ》頭《がしら》野火の行く手を知りつくし　（岡谷市）大島弘人

春雷に目覚めて安堵《あんど》悪《あ》しき夢　（取手市）筧　悟

廃校の古びし校舎燕《つばめ》来る　（相模原市）はやし　央

桜咲くこの空間は貴重なり　（横浜市）込宮正一

評　第一句。ぶらんこをこぎながら友を偲《しの》んでいる。友は「天国へ移住」しただけだから又《また》会える。第二句。「春の真ん中まで」が佳い。車椅子の周りには桜の花が咲き乱れ鳥が囀っている。第三句。この「生涯の一書」果《はた》して何だろう。

【高山れおな選】　四月二十三日

うららかや犬掻きをして亀泳ぐ　（東京都）望月清彦

一番に寄り来しねこの子をもらふ　（大阪市）今井文雄

大空の胸いっぱいの桜かな　（横浜市）山田知明

地下で乗り高架で降りる春夕焼　（平塚市）日下光代

桜鯛《さくらだい》大鯛小鯛ペルシャ猫　（新座市）丸山巌子

春愁や手遊びにする砂時計　（市川市）をがはまなぶ

寅さんが団子屋を継ぐ四月馬鹿　（京都市）山口秋野

「胸が悴《かじか》む」なんて言い方ありですか　（龍ケ崎市）反町まさこ

口笛に応へて呉《く》れる春告鳥　（川越市）佐藤俊春

くず海苔《のり》をあいさつにして村の昼　（東京都）各務雅憲

評

望月さん。水棲《すいせい》動物の余裕の泳ぎと陸上動物の必死の泳ぎが案外似ているという発見。今井さん。「一番に寄り来し」の措辞のすっきり感が、出来事のすっきり感を印象付ける。山田さん。桜が満開。中七の比喩は素朴だが強い。

【小林貴子選】　四月二十三日

格闘家のやうな赤子や山笑ふ　（戸田市）蜂巣厚子

孤影あり無きより寂し啄木忌　（相模原市）井上裕実

俳壇の選者とたどる西行忌　（新潟市）岩田　桂

颯爽《さっそう》と黒田杏子の風光る　（秩父市）淺賀信太郎

難民のあふれる街のカーニバル　（オランダ）モーレンカンプふゆこ

子供の日次女の考えそうなこと　（新潟市）野澤千恵

ものの芽のものの名前を明かしつつ　（東かがわ市）桑島正樹

シュウクリイムおんなどうしでうららなり　（岩国市）江見こずえ

駆け込みを待つてゐるバス夕長し　（大阪市）日下部　文

雑魚として飄《ひょう》飄《ひょう》と生く春の海　（高松市）髙田尚閑

評

一句目、固太りの赤ちゃんなのだろう。それにしても「格闘家」とはすごい。二句目、風景の中に人が一人いると、いないよりも寂しいという真理に、啄木忌はぴったり。三句目、はい、如月《きさらぎ》十五日の満月と桜花をご一緒いたします。

【長谷川櫂選】　四月二十三日

花咲いていのちの電話今日も混む　（横浜市）飯島幹也

春愁や老いて世間をほしいまま　（東久留米市）夏目あたる

滅びゆく我が身愛《いと》しや花は葉に　（伊万里市）田中秋子

春おぼろ理想なき世に大江死す　（桑名市）尾崎泰宏

難民に酷《むご》き国より鳥帰る　（大阪市）酒井湧水

瞑想《めいそう》の果てにひと声亀鳴けり　（福岡市）釋　蜩硯

大震災に生まれし児らよ卒業す　（多摩市）又木淳一

今年より姑《はは》なき厨《くりや》蕗《ふき》の薹《とう》　（奈良市）藤岡道子

ひとりゆく追憶の径《みち》花の径　（東京都）久塚謙一

龍天にもういくさなどやめんかい　（郡山市）寺田秀雄

評　一席。桜は命いっぱい咲いているのに。自殺予防の電話相談。二席。まさに老害。何人か思い当たる節がある。三席。滅びゆくととらえる冷静さ。九十二歳の自画像。十句目。言ってもしょうがないが言いたい。プーチンよ。

【高山れおな選】　四月三十日

花といふ大地の歌に包まれぬ　（松江市）三方　元

野遊びや小鳥と食ひしにぎりめし　（越谷市）新井高四郎

教へ魔の教へ上手や春キャンプ　（川崎市）多田　敬

白いねこ黒ねこ黄ねこ春のねこ　（成田市）かとうゆみ

偲ぶ人年年ふえて虚子祀《まつ》る　（長崎市）徳永桂子

戦やめぬ地球流氷の歯ぎしり　（草津市）あびこたろう

花吹雪突っ切る男《やつ》にめでる女《ひと》　（羽曳野市）菊川善博

わづかなる風に傾《かし》ぎぬ春の雨　（玉野市）北村和枝

大谷の雄《お》叫《たけ》び亀もつひに鳴く　（東京都）吉竹　純

菜種梅雨ひたすら父母の墓濡《ぬ》らす　（川口市）青柳　悠

評

三方さん。マーラーの「大地の歌」の厭世観《えんせいかん》とは違う、手放しの高揚。新井さん。飯粒を分けてやったのだろう。「小鳥と食ひし」のさりげなさがいい。多田さん。うるさいのだけれど、うるさいだけの事はあるなと感心もして。

【小林貴子選】　四月三十日

草餅や朱筆さんざんなる草稿　（奈良市）藤岡道子

かたくりの花に包まむ何かひとつ　（竹原市）梅谷看雲

渦の芯ほど裸押動かざる　（玉野市）勝村　博

終活しまた買ひにゆく春の服　（川崎市）小池たまき

会議後は夜桜と決め開会す　（相模原市）石田わたる

妻逝くや金魚三匹預けおき　（直方市）種子野哲雄

梅の香を残して祖母は逝かれけり　（さいたま市）本杉誠也

行く春やペンキだらけでペンキ塗る　（三浦市）松本礼子

スキャットや花種蒔《ま》くはかくのごと　（名古屋市）山守美紀

散る花のそれとなく人かはしけり　（昭島市）奥山公子

評　一句目、自己による推敲《すいこう》か他者による添削か、いずれにしてもAIにはないこの苦労が大切。二句目、目に見えない、大切なものを包みたい。三句目の「裸押」は二月に岡山県の西大寺で行われる。裸の男たちの渦が目に見える。

【長谷川櫂選】 四月三十日

亀鳴くや時の永さに耐へきれず　（横浜市）三玉一郎

☆鯉《こい》のぼり九十歳に未来あり　（新座市）丸山巌子

ぴかぴかの先生も居て入学式　（狛江市）加古厚志

一匹の諸子《もろこ》大事に子のバケツ　（霧島市）久野茂樹

花筵おむつはクマのリュックより　（高山市）大下雅子

四月馬鹿笑ひ合ひたき人もなし　（東京都）このみていこ

花吹雪しんとざわめく吉野建　（筑西市）加田　怜

春風が寝たきりの顔撫《な》でてゆく　（和歌山市）諸戸信彦

あとかたもなき福島の春惜しむ　（福島県伊達市）佐藤　茂

初孫の名を翔平とつけし春　（東京都）岸田季生

評

一席。はるかな時の流れ。万年生きる亀でさえ持て余すほど。二席。九十歳の未来宣言。たのもしくもあり、おかしくもある。三席。先生も一年生なのだ。小学校の入学式か。十句目。誰だってあんな孫が欲しい。国民的孫。

【大串章選】　四月三十日

佐保姫が俳句の種を播《ま》いてゐる　（神戸市）森木道典

人生の散り際に欲し花吹雪　（福岡市）釋　蜩硯

銀輪を列《つら》ね若きは春郊へ　（玉野市）大野俶子

耕人の卆寿《そつじゅ》といひて腰伸ばす　（敦賀市）中井一雄

廃線の鉄路にぎはふ花見かな　（大津市）星野　暁

入学児一人六年生二人　（福岡市）藤掛博子

雀《すずめ》の子何嬉しくて飛び跳ねる　（秋田市）土谷信一

☆鯉のぼり九十歳に未来あり　（新座市）丸山巌子

春の鹿国道わきに佇《たたず》めり　（下呂市）河尻伸子

鳥帰る飛行機雲の消え掛かる　（玉野市）加門美昭

評　第一句。「俳句の種」を播くが言い得て妙。さすがは春をつかさどる女神。第二句。花吹雪に被《おお》われ天国へ旅立ちたい。暗い死に別れは嫌だ。第三句。走り行く学生たちの自転車が目に浮かび、映画「青い山脈」の歌声が聞こえる。

【小林貴子選】　五月七日

山桜生涯人と会へぬかも　（青梅市）松野英昌

海流ふたつ列島に花椿《はなつばき》　（熊本市）坂崎善門

ふらここやいたいじやないか青春は　（相模原市）渡辺一充

春風やびんずるさんの小旅行　（戸田市）蜂巣幸彦

タタカワナイソレガツヨサダつくしんぼ　（飯能市）黒坂正文

箚らいささか猫背なる者も　（豊田市）城山憲三

磯野家のドタバタ続く日永かな　（橿原市）上田義明

矢印は常に前向き初燕《はつつばめ》　（防府市）来栖章子

チューリップ妙に気が合う小一と　（福岡市）長澤　豊

朝桜夜桜妻の飯が好き　（長崎県小値賀町）中上庄一郎

評

一句目、深山の山桜の中には、決して人が目にしない木もあるかもしれない。二句目、海流が種を運んだ椿が、海沿いに大いに花を咲かせる。三句目、私も思い出す、青春の痛み。四句目の善光寺のびんずる尊者、無事で何より。

【長谷川櫂選】　五月七日

龍天に登る音楽奏でつつ　（倉敷市）森川忠信

この子らの作る世見たし一年生　（横浜市）髙野　茂

生涯の伴侶の如き春愁ひ　（奈良市）上田秋霜

恐る恐るふつうの春を楽しめり　（新庄市）三浦大三

惜しみなく桜吹雪のレクイエム　（長野市）縣　展子

せめて今日黙してをらむ万愚節　（名古屋市）池内真澄

残骸の戦車で遊ぶ子供の日　（つくば市）小林浦波

草餅の隣かよわき桜餅　（東京都）青木千禾子

さくらちる大江氏そして坂本氏　（茨木市）瀬川幸子

中学を遺影となりて卒業す　（川越市）吉川清子

評　坂本龍一さんの追悼句が並ぶ。一席。壮麗な調べだろう。「龍天に登る」は春の季語。二席。どんな時代になるか。不安半分、期待をこめて。三席。なんとたおやかな愁いだろうか。十句目。「孫息子」と小さく書いてあった。

【大串章選】　五月七日

老境の真只中《まったただなか》や春満月　（三鷹市）二瀬佐惠子

子の名刺両手で受けて山笑ふ　（さいたま市）齋藤紀子

九十の思ひ新たや青き踏む　（相模原市）荒井　篤

この中に生涯の友入学式　（神戸市）仲井慶舟

初桜人も獣も棲まぬ島　（松山市）杉山　望

花筏かすかに水の流れあり　（静岡市）松村史基

春昼や過疎の村にも赤子泣き　（戸田市）谷田部達郎

運河行く船に見上ぐる桜かな　（大村市）小谷一夫

☆山笑ふランドセルから足二本　（いわき市）佐藤朱夏

春雲や農小屋はいまがらんどう　（越谷市）新井髙四郎

評　第一句。老境の「真只中」が胸に響く。ピンクムーンを心に刻み、老境を満喫してください。第二句。俳諧は老後の楽しみと芭蕉は言っている。第三句。成長した子を思う親ごころ。有り難く両手で頂く。第三句。九十歳には九十歳の志がある。

【高山れおな選】　五月七日

囀《さえずり》の塊木々を渡りゆく　（千葉市）愛川弘文

尺八を琴は追ひかけうららかに　（青梅市）市川蘆舟

春雨の傘とんとんと碁敵来《く》　（仙台市）三井英二

「ラストエンペラー」を聴いて春惜しむ　（秋田市）佐々木靜子

花筏曲りきれない一処　（柏市）田頭玲子

酢《す》買《う》ひにぼんさん越ゆる山笑ふ　（彦根市）阿知波裕子

朧《おぼろ》夜《よ》や粥《かゆ》へこつんと卵割る　（横浜市）田中靖三

☆山笑ふランドセルから足二本　（いわき市）佐藤朱夏

春愁や言の葉痩する夕まぐれ　（矢板市）菊地壽一

スカイツリーを陽炎《かげろう》の上りけり　（筑西市）加田　怜

評

愛川さん。「囀」を「塊」とした捉え方に、観察が生きている。市川さん。「追ひかけ」が巧《うま》い。曲は宮城道雄「春の海」か。三井さん。玄関前の敷石を突いて滴を落とす音。来たか！　佐々木さん。坂本龍一さんの追悼句多数。

【長谷川櫂選】五月二十一日

古里やどれもできたて春の山　（浦安市）中崎千枝

のけぞつて赤ん坊こそ春嵐　（東京都）伊藤直司

人生に乗り遅れてる朝寝かな　（筑紫野市）二宮正博

これよりは流転となりぬ春の水　（山梨県市川三郷町）笠井　彰

大江逝くぽつかり穴のあいた春　（伊賀市）福沢義男

黄塵《こうじん》のさらに向ふにウクライナ　（田辺市）桑原康宏

大戦の合間平和の春惜しむ　（福島県伊達市）佐藤　茂

コウノトリカタカタカタと春を呼ぶ　（豊岡市）杉本清美

こころ正す春蘭《しゅんらん》の前通るたび　（堺市）吉田敦子

春愁ふ死もて未完となりにけり　（倉敷市）森川忠信

評

一席。鳥が鳴き花が咲き。ほやほやの饅頭《まんじゅう》のような。二席。小さな体に秘める大きな力。柔らかな春の嵐よ。三席。乗り遅れることを楽しむ。この余裕こそ朝寝の気分。十句目。大江、坂本への追悼句。人間、死もてみな未完。

【大串章選】　五月二十一日

百歳の母を背負ふや啄木忌　（高松市）島田章平

車椅子の少女励ます落花かな　（鹿嶋市）津田正義

花疲れ幸せ疲れとも思ふ　（川西市）糸賀千代

故郷でふるさと合唱春惜しむ　（河内長野市）木村杉男

我が国にウクライナの子入学す　（伊賀市）福沢義男

獣道来し故強し青き踏む　（船橋市）斉木直哉

見舞客桜を褒めて帰りけり　（柏市）田頭玲子

闘志にはあらぬ矜持《きょうじ》や春の丘　（日立市）加藤　宙

新茶汲《く》む宇治駿河八女味比べ　（福山市）長谷川　瞳

散り敷きし落花の上を落花駆く　（東かがわ市）桑島正樹

評　第一句。石川啄木の代表作〈たはむれに母を背負ひて　そのあまり軽きに泣きて　三歩あゆまず〉を思う。第二句。少女を励ましているのは作者自身。感情移入の句。第三句。「幸せ疲れ」が言い得て妙。「花疲れ」尊ぶべし。

【高山れおな選】　五月二十一日

暗殺の国にはなるな昭和の日　（高松市）島田章平

蟇《ひきがえる》じっと目を視《み》る生物よ　（神戸市）豊原清明

チューリップ歪《いびつ》に震へ止まりけり　（横浜市）込宮正一

黄金週間何にもしない事をする　（富士市）蒲　康裕

一切が光と影や春嵐　（船橋市）斉木直哉

晩春の日が新聞の見出し舐《な》む　（東京都）竹内宗一郎

朧夜の波音に似る風の音　（浦安市）中崎千枝

繰る頁《ページ》またも広告四月馬鹿　（東京都）近藤千恵子

農具市ご当地歌手も招かれて　（長野県立科町）村田　実

チューリップ園にチューリップ組の児ら　（秋田市）神成石男

評

島田さん。「暗殺の国」とはもちろん昭和戦前の日本のこと。豊原さん。中七末で切るか切らぬか。揺れる読みの中で、不動の実在感を帯びる蟇。込宮さん。観察が濃《こま》やか。波多野爽波に〈チューリップ花びら外れかけてをり〉。

【小林貴子選】 五月二十一日

ばーど一ごうと書かれある巣箱かな
（山形県遊佐町）大江　進

レーダーにアメーバのごと黄砂来る
（伊丹市）保理江順子

マエストロ春セーターでさへも黒
（野田市）松本侑一

誑《たぶらか》されてゐるげな花の人出かな
（羽咋市）北野みや子

さふさふと花の音して翳《かげ》りけり
（立川市）上條健一

角張るはいくさごころか蝸牛《かたつむり》
（神奈川県寒川町）石原美枝子

深海に湯の噴くところ鑑真忌
（日立市）川越文鳥

葱坊主《ねぎぼうず》生意気さうなものばかり
（久喜市）利根川輝紀

囀りに言葉充《あ》て当て新入生
（三島市）高安利幸

愛猫のとかげ食《は》みおる遅日かな
（平戸市）王田美紀

評

一句目、子どもが書いたのか。この巣箱を使う鳥も楽しいだろう。二句目、「アメーバのごと」という比喩になるほどと膝《ひざ》を打つ。三句目、お洒落な指揮者。四句目、列島あげて夢中になる花見は桜にたぶらかされているのかも。

【大串章選】　五月二十八日

映像の飢餓の子の眼《め》やこどもの日　（岡山市）三好泥子

聴診器地球に当ててみたき春　（横浜市）杉本千津子

戦なき空こそ泳げ鯉幟《こいのぼり》　（長野市）縣　展子

野火猛《たけ》る戦の炎如何《いか》ばかり　（玉野市）勝村　博

異国語のあふるる五月浅草寺　（横浜市）猪狩鳳保

つちふるや老農けさも畑に立つ　（東京都）金子文衛

夭折《ようせつ》の子に風船を供へけり　（奈良市）田村英一

畑打ちの鍬《くわ》に凭《もた》れて津波言ふ　（千葉市）相馬晃一

たかんなの覗《のぞ》く縄文遺構かな　（東村山市）髙橋喜和

夏隣散歩の帽子変へにけり　（伊丹市）保理江順子

評

第一句。2015年に始まったイエメン内戦や22年に始まったロシア・ウクライナ戦により多くの子供たちが飢餓状態に陥った。第二句。地球は病んでいないか。聴診器を当てて調べてみたい。第三句。「空こそ泳げ」が力強い。

【高山れおな選】　五月二十八日

春夕焼うごきだす者いこふ者　（川越市）岡部申之

傍目《はため》には終つた人かふらここに　（栃木県壬生町）あらゐひとし

惜春の雨の集ひとなりにけり　（泉大津市）多田羅紀子

鳥交《さか》るところを撮っているところ　（松山市）谷　茂男

リモコンを叩《たた》きて直す昭和の日　（神戸市）檜田陽子

八千草の神も仏も陽炎《かげろ》へり　（仙台市）松岡三男

当落に万歳陳謝葱坊主　（瑞浪市）岩島宗則

絵はがきに薫風染《し》ませ送りたし　（横浜市）福田　緑

野遊びの電車ごっこに暮れかかる　（岩国市）冨田裕明

エルガーの行進曲で入学す　（枚方市）阪本美知子

評　岡部さん。シンプルな対比による抒《じょ》情《じょう》的な影絵。あらゐさん。着想源は黒澤明「生きる」のリメイクのニュースか。ずばり「終わった人」という映画もあった。多田羅さん。予定外の雨も惜春の情をやる背景に。この余裕がいい。

【小林貴子選】　五月二十八日

混沌と創造にあり芽吹く山　（たつの市）宮田直美

泳がずにコース守つて歩きけり　（市川市）白土武夫

藤棚やふしぎと人にぶつからず　（名古屋市）山守美紀

悪役の蟻《あり》地獄《じごく》にも守る家　（富士市）村松敦視

用水を待つ四月の田真っ平ら　（久喜市）儘田八重子

朝刊を取れば小綬鶏《こじゅけい》鳴きにけり　（多摩市）田中久幸

相思相愛つばくらと待ち人と　（東京都）大関貴子

かたつむり一心不乱なる写経　（京田辺市）加藤草児

豆飯のむすびが好きで遠出する　（東京都）髙木靖之

ＡＩのなせぬ駄作や五月晴れ　（袋井市）勝田敏勝

評

一句目、創造は一直線に進むものではない。我々の俳句も混沌の中から生じる。二句目、プールを歩くのは運動になるが、泳ぐのは禁じ手となっているのだろうか。三句目、スクランブル交差点と同じく、群衆の能力といえよう。

【長谷川櫂選】　五月二十八日

佐保姫の薫り未《いま》だにそこかしこ　（長崎市）下道信雄

けふもまた還《かえ》らざる日か春逝けり　（大和市）岩下正文

擦り減りし柱のあまた会陽《えよう》果つ　（玉野市）勝村　博

遅き日の命を運ぶ救急車　（泉大津市）多田羅紀子

嬉しさをからだいっぱい燕の子　（京都市）室　達朗

モナリザも五百歳とか山笑ふ　（福岡市）釋　蜩硯

シャンデリア暗く灯《とも》して春の宵　（静岡市）松村史基

九条の死したる国へ春の雹《ひょう》　（藤沢市）朝広三猫子

四度目の山椒《さんしょう》味噌《みそ》に春惜しむ　（神奈川県松田町）山本けんえい

ありがたうたつた五文字の遺書涼し　（泉大津市）多田羅初美

評　一席。春の女神の名残《なご》り。同じ作者に〈一枚の衣を掛けて春惜しむ〉も。二席。「還らざる日々」ではない。一日が大事。三席。裸で押し合う会陽。柱が擦り減るとは凄《すさ》まじい。十句目。遺書などないのが一番。次はこの遺書か。

【高山れおな選】　六月四日

青嵐男ひとりを置いてゆき　（福山市）高垣光利

白玉や子供の頃の好きが好き　（東大阪市）宗本智之

母の日の母の退屈見てしまふ　（厚木市）北村純一

水恋鳥一ページまた一ページ　（南九州市）神之下叢鳩

小三治のあくび指南で夏立てり　（須賀川市）伊東伸也

新ダイヤその頃駅に燕来て　（川崎市）久保田秀司

☆桜貝くれて夫となりし人　（高知市）和田和子

火の島へ向かふフェリーや夏立ちぬ　（春日市）宮原孝一

ふたりして持て余したる日永かな　（藤岡市）飯塚柚花

怠けてはいないよこれは春愁だ　（太田市）吉部修一

評

高垣さん。青嵐の中で勃然と湧く遥《はる》かなものへの思い。宗本さん。ふと、思い出した子供時代の感覚。白玉のように瑞々《みずみず》しく。北村さん。パスカルやハイデッガーも論じた退屈という哲学的問題を、ひと筆書きで俳句にした趣《おもむ》き。

【小林貴子選】　六月四日

遠足や走るリュックの右左　（所沢市）堀　正幸

錆《さ》びてゐる思ひを磨くごと若葉　（廿日市市）伊藤ぽとむ

春蟬《はるぜみ》の声びんびんと山迫り　（玉野市）大野俶子

はにかみてカーネーションを突き出しぬ　（会津若松市）湯田一秋

生き抜こう仮に毛虫に生まれても　（東京都）東　賢三郎

中学生ほどに竹の子育ちをり　（横浜市）鈴木昭惠

蚊喰鳥《かくいどり》さっと闇割く音のする　（横浜市）田中靖三

若鮎《わかあゆ》に中島みゆきからファイト　（紀の川市）中島紀生

搾乳器ぐびびくびびと風光る　（奈良市）斎藤利明

花林檎《はなりんご》真つ只中《ただなか》を五能線　（下関市）野﨑　薫

評　一句目、子どもが走ると背負っているリュックが左右に揺れ続ける。可愛らしい光景。二句目、私の心の中もくすんだり錆びたりしている。若葉の季節に磨きたいものだ。三句目、春には春の季節の蟬の声が、山中に元気に響く。

【長谷川櫂選】　六月四日

素手で鮎取るひろしゆき夏巡る　（宿毛市）新見時治

惜春やたとへば涸《から》ぶインク瓶　（安曇野市）丸山惠子

折り紙の兜《かぶと》は軽《かろ》し柏餅《かしわもち》　（仙台市）八島あけみ

大江居ぬ憲法記念日なりけり　（倉敷市）森川忠信

耕人にひるのいこいが「昼ですよ」　（西海市）前田一草

☆桜貝くれて夫となりし人　（高知市）和田和子

東京に人多過ぎて鳥帰る　（松阪市）石井　治

初夏の海や特攻二千余機　（横浜市）正谷民夫

金色に風暮れてゆく茅花《つばな》かな　（静岡市）松村史基

衣更《ころもが》へ初めての如銀座行く　（東京都）三浦民男

評　一席。鮎を眠らせるようにして捕らえるのだろう。親友を悼む。二席。インクの涸《か》れたインク瓶。涸れた心のように。三席。重いヘルメットではない。ウクライナ侵略への批判。十句目。更衣《ころもがえ》はこの世界の更新。銀座だけでなく。

【大串章選】　六月四日

昭和の日わが青春の寮歌かな　（大和市）岩下正文

異次元の対策遅々と子供の日　（佐賀県基山町）古庄たみ子

県境を躊躇《ためら》ふやうに揚羽蝶　（志木市）谷村康志

ウクライナの子等へ祈りの鯉のぼり　（川口市）青柳　悠

米寿まであと一年の新茶かな　（川崎市）小池たまき

新緑の湖畔の白きカフェテラス　（多摩市）岩見陸二

古刹《こさつ》より見下ろすダム湖若葉風　（高槻市）日下遊々子

手作業の茶摘み見ながら試飲かな　（玉野市）加門美昭

木の芽雨廃線沿ひの過疎の村　（日立市）奥井能哉

評

第一句。「青春の寮歌」というと第三高等学校寮歌「紅もゆる岡の花」や第五高等学校寮歌「武夫原頭《ぶふげんとう》に草萌《も》えて」を思う。第二句。岸田首相の「異次元の少子化対策」が議論を呼んでいる。第三句。「躊躇ふやうに」がおもしろい。

【小林貴子選】　六月十一日

余技などと言ってみたきや傘雨の忌　（横浜市）髙野　茂

母の日や静かに仰ぐピエタ像　（高松市）桑内　繭

好きなこと続ける決意桐《きり》の花　（岩国市）江見こずえ

夕映えの加勢がうれし田植え済む　（袖ケ浦市）浜野まさる

今がいまいつまでもいま春惜しむ　（名古屋市）石野貞雄

たんたんと世代交代夏落葉　（岡山市）曽根ゆうこ

ゼレンスキー爆心地の青嵐　（立川市）須崎武尚

桐の花空に憧れ空に散る　（岡山市）下山義之

蛍見や求め合ふ手のおのづから　（南九州市）神之下叢鳩

初夏の渚《なぎさ》つま先立ちの恋　（東京都）三角逸郎

評　一句目、小説家の久保田万太郎は文人俳句の雄、その号は傘雨である。「俳句は余技」、それもまた良し。二句目、キリストを失った母マリアの嘆きはいかに。三句目、好きなことをやめないで。端正な桐の花も応援している。

【長谷川櫂選】　六月十一日

戦中の五月を共にせし友よ　（東京都）三笠比呂史

プルーストこれ一冊で雨安居《うあんご》に　（筑紫野市）二宮正博

戦争の深き轍《わだち》の梅雨に入る　（福島県伊達市）佐藤　茂

菖《しょう》蒲《ぶ》湯《ゆ》の浴後菖蒲の箱枕　（新座市）丸山巌子

泳ぎてははるかに見えし烏帽子《えぼし》岩　（相模原市）はやし　央

修善寺は卯《う》の花腐《くた》し川の音　（東村山市）新保方樹

はしやぎては打水に入る三輪車　（相模原市）志村宗明

先生は二十三才更衣　（大阪市）大塚俊雄

麦の飯隠して喰《く》ひし日々ありき　（千葉市）鈴木一成

首すくめ飛べば飛ぶほど春の鳥　（フランス）鴨志田乃彩

評　一席。戦時中にも「麗しい五月」はあった。今も美しい思い出。二席。『失われた時を求めて』か。官能的安居。三席。戦車や装甲車の跡。ウクライナに刻まれたあまたの轍。十句目。フランスの子どもたちからの投句の一つ。

【大串章選】　六月十一日

子供の日憶良《おくら》の歌の母子手帳　（加古川市）森木史子

太陽に胸を張りたるヨットかな　（横浜市）山田知明

母の日の花屋の花や母は亡し　（横浜市）佐々木ひろみち

歳時記に遺《のこ》る暮らしや昭和の日　（堺市）濵田　昭

遠足の子らは光となりて散る　（高松市）渡部全子

海風や句帳置きあるハンモック　（大分県日出町）松鷹久子

新茶汲み考妣《こうひ》をしのぶ三姉妹　（対馬市）神宮斉之

友見舞ふ初めての町夏木立　（平塚市）日下光代

父の日や父になれずに叔父戦死　（前橋市）荻原葉月

万緑や寡婦に悔いなく半世紀　（洲本市）中生敬子

評

第一句。母子手帳に記されているのは山上憶良の代表作〈銀《しろがね》も金《くがね》も玉も何《なに》せむにまされる宝子にしかめやも〉。第二句。風を孕《はら》んだヨットの帆。「太陽に胸を張り」が力強い。第三句。白いカーネーションを買って妣《はは》に捧げよう。

【高山れおな選】　六月十一日

傷うづきゐて菖蒲湯のあをくさき　（松山市）杉山　望

麒麟《きりん》見る遠き眼《め》の獅子夕薄暑　（羽曳野市）菊川善博

春愁のふくらみすぎて消えにけり　（八代市）山下しげ人

ぎしぎしの花に夕日の燃え移る　（明石市）駿河亜希

花とべら嗅ぎておいてけぼりくらふ　（浜松市）櫻井雅子

すれ違ふ耕人みんなおばあさん
（さいたま市）與語幸之助

五月闇東京といふ樹海あり　（仙台市）鎌田　魁

麦熟れ星キエフの街の装甲車　（あきる野市）松宮明香

春泥を免許返納せし父が　（寝屋川市）今西富幸

母の日や母の椅子置く電話口　（枚方市）石桁正士

評

杉山さん。菖蒲湯を体感的に捉えたところが良い。谷活東《かっとう》に〈夕《ゆうべ》死なむ朝《あした》菖蒲湯に入《い》りて〉。菊川さん。高村光太郎の「ぼろぼろな駝鳥《だちょう》」の動物園批判とは異なるが、この獅子の眼にも哀愁は深い。山下さん。めでたしめでたし。

【長谷川櫂選】　六月十八日

我よりも寂しき蠅《はえ》が今日もをる　（いわき市）馬目　空

明易《あけやす》や昨日を眠る夜勤明け　（岐阜県揖斐川町）野原　武

皆はいれ子も小鳥らも楠《くす》茂る　（福津市）吉田ひろし

戦争は八十八夜過ぎて尚《なお》　（筑紫野市）二宮正博

ユリの木の花びら舞ふ日衣更へ　（町田市）藤巻幸雄

短夜や海鳴のこゑ夜もすがら　（長崎市）下道信雄

長明の庵《いおり》をのぞく五月闇　（新潟市）齋藤達也

父の日や父を奪ひしあの戦　（日進市）松山　眞

命日の夏座布団を並べけり　（豊中市）夏秋淳子

死者に問へ憲法の日のアンケート　（東京都）三輪　憲

評

一席。「ひとりぼっち」は恥ずかしくない。人間も蠅もそう。二席。夜の眠りを昼に眠る。世界中の夜勤明けの人よ。三席。私の中で遊びなさい、隠れていなさい。楠の歌える。十句目。生者が作る法律。無言の死者あまた。

【大串章選】　六月十八日

手相見せ蛍を川に帰しけり　（諫早市）麻生勝行

尼寺の住職にして草刈女《くさかりめ》　（多摩市）金井　緑

無医村の子らすくすくと桐の花　（さいたま市）岩間喜久子

白浪の帯一列に夏来る　（高松市）信里由美子

かろやかに雨戸繰る音夏の朝　（八代市）山下さと子

昼寝覚雨音にまた眠りけり　（川越市）大野宥之介

断捨離の進まぬままに更衣　（東京都）石川　昇

ふるさとへ近づく車窓風薫る　（尾張旭市）古賀勇理央

ビル街の中に新樹の湧き出づる　（四日市市）太田佐代子

水満々植ゑし早苗の溺れさう　（水戸市）伊師繁次

評　第一句。手の平に乗せた蛍を川辺に放つ。「手相見せ」がおもしろい。第二句。草刈りをする比丘尼（尼僧）、敢《あ》えて「草刈女」と言い做《な》したところが見どころ。第三句。定住する医者のいない村ですくすく育つ子供たち。頼もしい。

【高山れおな選】　六月十八日

夏服はごめんなさいを言いやすく（日田市）石井かおり

毛虫なぜ横断歩道を渡るのか（廿日市市）伊藤ぽとむ

端居して本を閉ぢれば雨の匂ひ（横浜市）近藤泰夫

青嵐根付きたるごと象の足（東京都）山口照男

虎耳草《ゆきのした》伽羅木《きゃらぼく》の陰好みをり（倉吉市）尾崎槙雄

猫に蹤《つ》く猫へ猫蹤く竹落葉（真岡市）竹田しのぶ

ガンジーの鎖骨といはれ夏やつれ（須賀川市）関根邦洋

ネクタイも名刺も捨てて心太《ところてん》（本庄市）佐野しげを

夏立つや応挙の子犬よく遊び（東京都府中市）志村耕一

羽抜鶏見れば我見る羽抜鶏（大村市）小谷一夫

評　石井さん。子供の話か大人の場合か、状況はいろいろ考えられる。意外で説得力のある発見。伊藤さん。毛虫の偶然の行動が、あえての「なぜ？」で一句に。近藤さん。本に夢中の時間から我に返り、現実を肌で感じる時間へと。

【小林貴子選】　六月十八日

万緑やゼレンスキーに笑顔なし　（京都市）観山哲州

浅蜊《あさり》掘り明日のパスタの皮算用　（朝霞市）岩部博道

レモン水がらがら鳴らし出勤す　（さいたま市）春日重信

さつぱりと奈良岡朋子春逝きぬ　（久留米市）塚本恭子

納経の下山に二人静かな　（高知市）和田和子

タイガース勝てり月下美人咲けり　（奈良県上牧町）柏木　博

出張の街は今日から薔薇《ばら》祭　（長野市）宮沢信博

耳ひっぱる事も体操梅雨に入る　（飯塚市）古野道子

素つ気なく氷は水へ夏料理　（仙台市）八島あけみ

青葉風街角ジャズのベースマン　（高槻市）若林眞一郎

評

一句目、ゼレンスキー大統領に笑顔の戻る日が早く来ますようにと願う。二句目、掘った浅蜊で明日はパスタ。たぬきでもないのに「皮算用」の語が可笑《おか》しい。三句目、水筒に入れた氷とレモン水が音を立てるのも通勤の季節感。

【大串章選】　六月二十五日

炎帝に向ふ矜持の球児かな　（大和郡山市）宮本陶生

薫風や首脳居並ぶ爆心地　（横浜市）加藤重喜

半世紀ぶりの銀座や麦酒酌む　（大村市）小谷一夫

深夜バー青き光に舞ふ海月《くらげ》　（神戸市）池田雅かず

若葉して巨樹千年を遡《さかのぼ》る　（八代市）山下しげ人

ふるさとに人の絶えたる夏野かな　（羽曳野市）菊川善博

草笛の空ふるさとへつづきけり　（長野市）縣　展子

連絡船色取り取りの夏帽子　（河内長野市）西森正治

仏壇のバーのマッチや走り梅雨　（新座市）稲葉敏子

遊園地大人も遊ぶ子供の日　（神戸市）岸田　健

評

第一句。夏の甲子園を目指して励む高校球児たち。「炎帝」は夏をつかさどる神。第二句。Ｇ７広島サミットで、首脳たちが原爆慰霊碑に献花を行った。第三句。半世紀ぶりの銀座とは懐かしい。ビールを酌みながら若い頃を思う。

【高山れおな選】　六月二十五日

手は手です足は足です甚平《じんべ》です　（島根県邑南町）椿　博行

父母もその父母も海月なり　（高松市）島田章平

父の日の玄関のドア半開き　（豊後高田市）野上明範

☆たましひの話をしたしかたつむり　（藤沢市）大内菅子

みな覗く子鴉《こがらす》入れし段ボール　（福岡市）松尾康乃

闘牛の息まだ荒くすれ違ふ　（八王子市）長尾　博

大瑠璃にみちびかれみちびかれ父の墓　（東京都）佐藤幹夫

嘴《くちばし》の青蛙《あおがえる》子の嘴へ　（富士市）村松敦視

花冷えやそしらぬ顔で傘寿くる　（小平市）河田　都

船笛の尾の濡《ぬ》るるかに梅雨に入る　（さいたま市）黒岩裕介

評　椿さん。朴訥《ぼくとつ》なです・です・ですが醸し出す開き直ったような解放感。島田さん。摑《つか》みどころのない彼らについての厳然たる事実。ギャップの可笑しみ。野上さん。母の日に比べての父の日の軽さが「半開き」に相応するらしい。

【小林貴子選】　六月二十五日

此処《ここ》に居てなんて冗談ソーダ水　（町田市）大野由華

心太《ところてん》こころの形とり戻す　（東松山市）鈴木　圭

雲の峰秀句詠むまで逝《ゆ》くの止《や》め　（石川県内灘町）山本正浩

休刊に「またね！」も寂し梅雨に入る　（新庄市）三浦大三

ポンポンと聡太七冠五月行く　（日高市）工藤秀敏

あお梅のあおあおしさに力秘め　（川崎市）内海恭二

伸び伸びとほつたらかしのパセリかな　（横浜市）猪狩鳳保

☆たましひの話をしたしかたつむり　（藤沢市）大内萱子

ががんぼに言ふちよつといい夜だねと　（我孫子市）藤崎幸恵

初めての彼女との夜メロン切る　（つくばみらい市）北野和良

評

一句目、「ねぇ、私と一緒にここに居て」、男の返事はソーダ水の泡のよう。二句目、ところてんを「心太」と書くのは分かるが、心の形は如何に。三句目、皆様その意気でいつまでも俳句を続けましょう。四句目は週刊朝日の休刊。

【長谷川櫂選】　六月二十五日

美は強し大薔薇園に垣のなし　（さいたま市）春日重信

地獄ぞと言へば覗く子蟻地獄　（前橋市）田村とむ

薫風やもう大関の面構へ　（生駒市）島田征二

夏蝶や天国地獄ひらひらと　（我孫子市）森住昌弘

梅雨に入り俳句の森は発酵す　（三郷市）岡崎正宏

夏山の人寄せつけぬ緑かな　（東京都）松木長勝

更衣して空の色草の色　（青梅市）市川蘆舟

しやもじにも筍めしの香りかな　（川崎市）小関　新

袋掛けまだ半分よ日暮れけり　（長崎市）濱口星火

遠泳も教科の内でありし頃　（中間市）恵　英次郎

評

一席。薔薇は薔薇の力によって薔薇である。「美は強し」魅力的な宣言。二席。こんなところに地獄が。天国よりずっとおもしろい。三席。顔のみならず。その豊かな器量。十句目。海辺の学校だろうか。休みたい子もいたはず。

【高山れおな選】　七月二日

夜遊びが過ぎたか蚯蚓《みみず》干からびて　（神奈川県湯河原町）増田道子

身の内へ五度のワクチン七変化　（広島市）金田美羽

スーパーのパンみな消えて台風来《く》　（藤沢市）朝広三猫子

楸邨《しゅうそん》忌《き》その碑へ蟻《あり》の道つづく　（川口市）青柳　悠

さみだれをうけてさといものびにけり　（新潟県弥彦村）熊木和仁

蜘蛛《くも》の囲を張る時が日を浴びる時　（高山市）大下雅子

委員長にえらばれましたはつがつお　（成田市）かとうゆみ

大夕焼おおいと呼んで我のこゑ　（栃木県高根沢町）大塚好雄

サングラスサングラスには近寄らず　（八王子市）徳永松雄

夏つばめ湖《うみ》の上《え》高く出て返す　（大阪市）今井文雄

評　増田さん。路上に眠る酔っ払いに喩《たと》えられてはミミズも心外か。金田さん。自己の体内の変化を花のごとく幻視。数字の使い方が巧《うま》い。朝広さん。台風接近中の空気感が出ている。中田美子に〈台風をみんなで待っている感じ〉。

【小林貴子選】　七月二日

屋上にビヤガーデンの浮かびけり　（朝倉市）深町　明

新聞はやせてはならぬ沖縄忌　（大和市）澤田睦子

かたことと片言を言ふ扇風機　（市川市）をがはまなぶ

逝く妻に匙《さじ》一杯のメロン汁　（高萩市）小林紀彦

妻逝きて長き一年初蛍　（大田市）安立　聖

おそらくは夜中に曲がるバナナかな　（浜松市）小澤あり須

一杯の飯に落とすや水煮鯖《さば》　（小平市）本多達郎

雨蛙《あまがえる》ときをり馬鹿にせるやうに　（藤岡市）飯塚柚花

置物のごとくどつしり錦鯉《にしきごい》　（鎌倉市）小椋昭夫

遺骨なき人も還《かえ》るや沖縄忌　（寝屋川市）今西富幸

評

一句目、明かりの点《とも》る屋上をビヤガーデンと知れば、遠くから見ても楽しそう。二句目、時代がどう変わっても新聞の役割は重い。三句目の扇風機は何だかかわいい。四句目、五句目は妻への飾らぬ思いが詠《うた》われ、胸を打たれる。

【長谷川櫂選】　七月二日

永遠の少年老いぬアロハシャツ　（新座市）丸山巌子

億年の黴《かび》の歴史の隅に人　（泉大津市）多田羅紀子

衣更《か》へて八十歳になれるとは　（新潟市）岩田　桂

美しき一手の聡太風光る　（東京都）土澤ヤエ

あの枝に伏し目がちなる実梅かな　（さいたま市）春日重信

滴りをただ聴きに行く山支度　（富士市）蒲　康裕

昼寝覚マチスの青の只中《ただなか》へ　（筑西市）加田　怜

反戦の一家揃《そろ》つて田を植ゑる　（川口市）青柳　悠

捨てるには忍びなき顔蚊遣豚《かやりぶた》　（栃木県壬生町）あらゐひとし

馬鹿息子庇《かば》ふ親馬鹿青嵐　（東京都）福島隆史

評

一席。ご自分のことか。かつての永遠の少年。二席。黴のほうが古く平和的。もっと謙虚でいたい。三席。こんなに長生きできるとは。驚きと感謝の一句。十句目。俳句にからかわれるようでは。どこかの国の首相だけではない。

【大串章選】　七月二日

花菖蒲《はなしょうぶ》よはひ卒寿のワンピース　（川越市）渡邉　隆

真打の芸汗拭ふ仕種《しぐさ》にも　（市川市）白土武夫

遠き日の遠き暮しの蠅叩《はえたたき》　（越谷市）新井髙四郎

壁に笑む昭和の女優氷水　（横浜市）山本幸子

菩提寺《ぼだいじ》に菩提樹咲けり七回忌　（千葉市）愛川弘文

草矢打つ半世紀経て孫と打つ　（相模原市）井上裕実

梅雨晴間汀子兜太の高笑ひ　（鯖江市）木津和典

麦笛を聞き麦笛で応へけり　（武蔵野市）川島隆慶

帰郷して最後と思ふ草を引く　（志木市）柴田香織

香水や遠き記憶とすれ違ふ　（東京都）このみていこ

評

第一句。「卒寿」のワンピースがすてき。「花菖蒲」とよくお似合いです。因《ちな》みに、花菖蒲の花言葉は「優しい心」。第二句。「汗拭ふ仕種」に「真打の芸」を見るとはさすが。第三句。嘗《かつ》て「蠅叩」は暮しに欠かせぬ日用品だった。

【小林貴子選】　七月九日

☆全力で波に呑《の》まれに行く子亀　（仙台市）三井英二
五月闇窓辺まで行き読む手紙　（大津市）星野　暁
☆難民に鎖国の国や鳥渡る　（八尾市）宮川一樹
誰も彼もあつと驚く水着かな　（青森市）小山内豊彦
わたし今大夕焼の腕の中　（京都市）根来眞知子
ボート番波に合はせて押し出だす　（大阪市）今井文雄
夏草や故郷捨てて墓じまひ　（西東京市）髙橋秀昭
初夏やかるき飢餓感道づれに　（横浜市）鶴巻千城
遺品とふ淋《さび》しき言葉梅雨の月　（伊勢原市）大津　朗
団扇《うちわ》挙げ横断歩道渡りけり　（厚木市）北村純一

評

一句目、浜辺の砂の中から生まれ、一目散に海へ。かわいい子亀。二句目の「五月闇」は梅雨時の夜のみならず、昼にも使う言葉。三句目、鎖国が江戸時代ではなく、現今の問題とは。四句目、誰も彼もあっと驚く俳句を作ろう。

【長谷川櫂選】　七月九日

☆全力で波に呑まれに行く子亀　（仙台市）三井英二

夏休大きな口をあけて待つ　（横浜市）三玉一郎

八十億一国となれ夏となれ　（東京都）森野久美子

ナイターのなき安らかな一夜かな　（大阪市）眞砂卓三

ふるさとに蛍火ふたつ父と母　（東京都）佐藤幹夫

☆難民に鎖国の国や鳥渡る　（八尾市）宮川一樹

沖縄忌悲鳴の如《ごと》き落暉《らっき》かな　（霧島市）秋野三歩

人生や老いて打たるる天花粉　（松江市）三方　元

父の日や曽孫《ひまご》までもが祝ひくれ　（八王子市）樋口雄二

父の日や父とは違ふ生き方に　（筑紫野市）二宮正博

評

一席。生まれてすぐ歩み出す。母なる海へ向かって。二席。ぽっかりと開く時間の口。何が待っているのだろうか。三席。国境もなく戦争もない世界。夢のまた夢か。十句目。違う生き方だが、理解し共感する。大人の人生観。

【大串章選】　七月九日

サングラス太陽族も好々爺《こうこうや》　（武蔵野市）相坂　康

奥信濃一茶の知らぬブルーベリー　（名古屋市）横井昌義

父の日や軍服の父村史にも　（明石市）駿河亜希

菓子箱の万葉仮名や風薫る　（東京都）津田　隆

父の日の我より若き遺影かな　（松山市）三木須磨夫

卒寿祝《ほ》ぐ夫と茅《ち》の輪をくぐりけり　（泉大津市）多田羅初美

ツアー一行全員くぐる茅の輪かな　（伊丹市）保理江順子

民宿の物干し竿《ざお》に螢籠　（柏市）藤嶋　務

父の日や軍装ばかりの写真帳　（春日部市）池田桐人

三時間蟻地獄《ありじごくみ》視て帰りけり　（尾張旭市）橋本新一

評

第一句。「太陽族」は奔放に行動する戦後派青年、石原慎太郎の『太陽の季節』から生まれた流行語。第二句。長野県のブルーベリーは有名だが、日本に導入されたのは第二次世界大戦後。第三句。父の日に考を偲《しの》んでいる。

【高山れおな選】　七月九日

南風むかしも明日も今日も雨　（神戸市）豊原清明

江戸川の花火の下で別れけり　（春日市）宮原孝一

ででむしの親なく子なく彷徨《さまよ》へる　（長崎市）田中正和

何よりも夏が好きだと言ふ人よ　（三重県明和町）奥井佳子

タクシーの空車が梅雨を泳ぎ来る　（東京都）竹内宗一郎

駅の名は「後三年《ごさんねん》」啼《な》く青葉木菟《あおばずく》　（新座市）丸山巌子

木の瘤《こぶ》の慈顔仏顔鑑真忌　（茅ヶ崎市）清水呑舟

反射用ビニール敷きて茄子《なす》の苗　（長崎市）濱口星火

化粧してポピーの風に紛れ込む　（名古屋市）中野ひろみ

太極拳の演武涼しき鶴の型　（本巣市）清水宏晏

評

豊原さん。眼前の雨と風。そこに一種の永遠を感じているのだ。宮原さん。すぐまた会える別れも、二度と会えない別れもあるが、この句の場合は？　岸本水府に〈道頓堀の雨に別れて以来なり〉。田中さん。股旅ものの蝸牛《かたつむり》か。

【長谷川櫂選】　七月十六日

どう折っても戦争の記事紙兜《かみかぶと》　（所沢市）藤塚貴樹

天地人まつたき青の七月来　（福島県伊達市）丘野沙羅子

箸剝《は》げて貧乏の光冷奴　（八幡市）小笠原　信

死を食らふ口を開いて蟻がゆく　（東京都）野上　卓

六時間の時差に戦争夏の月　（横浜市）正谷民夫

枯骨なほ憩ひたまはず沖縄忌　（藤沢市）朝広三猫子

短夜や夢のつづきもしらみゆく　（奈良県王寺町）前田　昇

雨脚の轟《とどろ》く蕗《ふき》の傍《そば》通る　（川越市）佐藤俊春

☆海山をいつしよに開く総《ふさ》の国　（四街道市）深澤豪彦

五月雨や名もなき川のいや速し　（越谷市）新井髙四郎

評

一席。新聞紙で折る端午の兜。ここにも戦争の影が。二席。青く燃える七月。大空も大地も人間も。三席。塗りが剝げても愛着がある。人生の証《あかし》のようなもの。十句目。芭蕉の句は最上川。こちらはふつうの川のすさまじさ。

【大串章選】　七月十六日

水位標見て太宰忌とふと思ふ　（川西市）糸賀千代

夏帽子利尻礼文を満喫す　（野田市）相馬文吾

峰雲や八十路《やそじ》われにもある未来
（佐賀県基山町）古庄たみ子

妣《はは》の齢《とし》越えて十年夏あざみ　（大和市）荒井　修

山滴る尾根に鉄塔走らせて　（広島市）谷口一好

水替へて金魚のまなこ澄みにけり　（東京都）望月清彦

民草は悲しき言葉沖縄忌　（四街道市）大塚厚子

父の日の盃《さかずき》　母と交はすのみ　（岡山市）小池沙知

夏草の伸び放題の空き家かな　（東京都）上田尾義博

遠郭公《とおかっこう》解体進む大藁屋《おおわらや》　（流山市）渡部和秋

評　第一句。「水位標」と「太宰忌」が悲しく響き合う。太宰治は玉川上水に入水して命を捨てた。第二句。利尻・礼文２島は日本の最北部の島、高山植物が美しい。第三句。今は人生１００年時代、ゆっくり白寿を目指しましょう。

【高山れおな選】　七月十六日

歌舞伎町隈取《くまど》り崩す油照り　（東京都）吉竹　純

青葉着て魑魅《すだま》は見えず青葉闇　（東京都）望月清彦

どうしてもういてしまふといととんぼ　（日立市）加藤　宙

ブルース・リー迸《ほとばし》りたる瀑布《ばくふ》かな　（日立市）川越文鳥

帰省して凪に授かる答あり　（さいたま市）齋藤紀子

サーファーのゐる一宮一万歩　（千葉市）宮城　治

妣に会ふまぶしき夢や昼寝覚　（石川県能登町）瀧上裕幸

ハンカチの木かと問ふ人袋掛　（羽咋市）北野みや子

麦秋の明るさ村をつなぎをり　（堺市）松本みゆき

朝凪《あさなぎ》やキッチンカーに人の列　（相模原市）はやし　央

評

吉竹さん。地名から引き出した「隈取り崩す」。立役《たちやく》の意気と噴き出す汗がマッチした巧妙な比喩だろう。望月さん。「着て」と幻想に踏み込み、「見えず」で現実へ着地。心憎い。加藤さん。とぼけつつ実は的確に描写している。

【小林貴子選】 七月十六日

腕出して夏の来たのを確かめる　（広島県熊野町）中村竜哉

雷光や我が影ぱっと骸骨に　（伊万里市）萩原豊彦

にわとりやうどんのごとく蚯蚓《みみず》食《は》む　（鎌倉市）黒岩伸幸

霊柩車《れいきゅうしゃ》の外は見馴れし夏景色　（徳島市）水戸辺　淳

☆海山をいつしよに開く総の国　（四街道市）深澤豪彦

父の日や行けたら行くといふ返事　（豊中市）渡邉吾郎

てのひらで掬《すく》う蛍火瀬音急　（高松市）桑内　繭

悔し悔しと玉葱《たまねぎ》の微塵《みじん》切《ぎ》り　（福岡市）松尾康乃

領土とは誰のものかと安居して　（東京都）松木長勝

ふるさとの田植は辛《つら》し夢なれど　（静岡市）安藤勝志

評

一句目、腕がちりちり日に焼ける感じ、それで夏を実感する。二句目、漫画にはこういう表現があるが、俳句にも生かせるとは。三句目、鶏には人間のうどんぐらいおいしいんだろうな。四句目、自分の只今《ただいま》の境遇だけが非日常。

【大串章選】　七月二十三日

草笛が発車の合図縄電車　（柏市）物江里人

子の本音短冊で知る星まつり　（横浜市）髙野　茂

箱眼鏡魚に顔を覗《のぞ》かるる　（大村市）小谷一夫

水脈《みお》の果て遠流の島の緑かな　（横浜市）鈴木昭惠

万緑に呑み込まれゆく山家かな　（長崎市）徳永桂子

丸木橋渡れば秘湯青葉木菟《あおばずく》　（川崎市）沼田廣美

七月の青を両断水平線　（相模原市）井上裕実

救急車切り裂く闇の酷暑かな　（東京都）片岡マサ

枯れかけてなほ色残す七変化　（浜松市）櫻井雅子

車椅子の十人の列雲の峰　（筑西市）加田　怜

評　第一句。楽しそうに走り出す縄電車。「草笛」がいかにも「縄電車」らしい。第二句。星祭の短冊には詩や歌を書くが、そこに「子の本音」を読み取った。親心かくあるべし。第三句。「魚を」ではなく「魚に」がユニーク。面白い。

【高山れおな選】　七月二十三日

ストローをかちかち噛《か》んで沖縄忌　（東京都）各務雅憲

連休の東京駅のオーデコロン　（平塚市）日下光代

こんなにも寝るのが好きでアイスティー　（横浜市）込宮正一

放課後の写真部茅の輪くぐりかな　（玉野市）加門美昭

新しき街に神輿《みこし》の新しく　（京田辺市）加藤草児

無関心同士の猫や麦の秋　（ドイツ）ハルツォーク洋子

夏の蝶《ちょう》酸素ボンベとバスを待つ　（日野市）森　澄代

相席の人は博識夏暖簾《なつのれん》　（熊谷市）阿武敬子

魁《さきがけ》の鬼蜻蜓《おにやんま》地に墜《お》ちてをり　（水戸市）檜山佳与子

おでこのやうほつぺたのやう濃紫陽花《こあじさい》　（我孫子市）森住昌弘

評　各務さん。さしあたり意味の無いしぐさが、大きな意味のある日付に対して持つ意味とは。怒り、悲しみ、無力感……。日下さん。旅へ向かう心の弾みと、ふと嗅いだ芳香と。込宮さん。自分に呆《あき》れた？　ともあれ気持ちよさそう。

【小林貴子選】　七月二十三日

枯れ初めて色に凄味《すごみ》や濃紫陽花　（川崎市）八嶋智津子

穴子割く使ひ込みたる目打かな　（大阪市）今井文雄

ドンドンと太鼓鳴らして遠泳し　（枚方市）松岡詔子

バイエルをジャズっぽく弾き夏夕べ　（小山市）倉井敦子

夏山や父は葉っぱを愛《め》づる人　（神戸市）豊原清明

出帆にパナマ帽子を高々と　（横浜市）福島稲子

明日といふ苦しみのなき沙羅の花　（兵庫県太子町）一寸木詩郷

アメ横やパイナップルを串でいく　（越谷市）金田あわ

病室に棲《す》んでる蜘蛛を友とする　（東京都府中市）矢島　博

万緑や秘境駅又《また》秘境駅　（長野市）縣　展子

評　一句目、藍や紫等《など》の色濃い紫陽花を濃紫陽花という。枯れ初めに着目され、「凄味」に納得。二句目、作業が手際良く進むのは、使い慣れた用具があればこそだ。三句目は儀式のようで面白い。四句目、私も試してみたいと思った。

【長谷川櫂選】　七月二十三日

敗戦忌石ころひとつ国の為《ため》　（川越市）吉川清子

汀子選無きを越えむや雲の峰　（広島市）谷脇　篤

戦死とは殺人のこと雲の峰　（高松市）島田章平

夕焼に焼き尽くされて今日が逝く　（武蔵野市）相坂　康

子を攫《さら》ふ国あるうつつ明け易《やす》し　（多摩市）田中久幸

白桃や余生に弱音吐くものか　（福岡市）木本美也子

愛猫をそつとずらせて昼寝かな　（芦屋市）瀬々英雄

鹿の子へ光届いてゆく夜明け　（静岡市）松村史基

広辞苑曝書《ばくしょ》もされず眠りをり　（日立市）奥井能哉

骨折の身をよこたへて夏惜しむ　（朝倉市）深町　明

評

一席。白木の箱の中には石ころ一つとある。英霊とたたえられ。二席。稲畑汀子没後一年半。越えられたかどうか。三席。人を殺すのが戦争。ニュースに慣れて忘れてしまいそう。十句目。いたわしい。夏を惜しむ姿さまざま。

【高山れおな選】　七月三十日

夕風に青む一人のシャワーかな　（船橋市）斉木直哉

くちなはや幻影いまも政治統ぶ　（さいたま市）関根道豊

甚平《じんべ》着て太郎冠者めく物腰に　（吹田市）小井川和子

青葉木菟《あおばずく》手紙出さねば手紙来ず　（川越市）大野宥之介

はたた神ひびく兜太のいくさ詩《うた》　（敦賀市）中井一雄

草刈機車に積んで墓参かな　（下田市）森本幸平

箱庭で縄文人が土器作る　（武蔵野市）相坂　康

焼肉の網の特価や夏惜しむ　（東大阪市）宗本智之

角曲がる文学少女の白日傘　（新潟市）野澤千恵

明日あるととても思へぬ蒸し暑さ　（相馬市）根岸浩一

評

斉木さん。「青む」の詩情が深い。関根さん。この幻影は安倍元総理のことかも知れないが、理想、野心、怒り、恐怖など一般化した形で読みたい。小井川さん。本当に所作が変わったのか、又は錯覚か。ともあれ服装の力は大。

【小林貴子選】　七月三十日

八十路にもまだ坂があり谷崎忌　（東京都）藤倉　信

兜太ゆずらず汀子はひかぬ雲の峰　（直方市）瓜生碩昭

子を産んで日本が好きかつばくらめ　（かすみがうら市）奈須野敬子

店番のやうに鴉《からす》のゐる木槿《むくげ》　（東京都）竹内宗一郎

土井たか子在りし昭和や山滴る　（三島市）市畑晶子

雷鳥のいそぎつつふと立ち止る　（横浜市）猪狩鳳保

夏海やどぼんと沈む鷺《さぎ》一羽　（神戸市）豊原清明

みな傷を持つていますと風の茄子　（市川市）河村凌子

夏シャツのハンガー揺れて楽しさう　（川崎市）山本しげを

評　一句目、谷崎の忌日は七月三十日、七十九歳だった。谷崎の知らぬ八十路の坂はどんな坂。二句目、兜太先生と汀子先生の丁々発止のやりとりは長く語り継がれるだろう。三句目、燕《つばめ》が日本を好きで子育てをしているなら嬉しい。

【長谷川櫂選】　七月三十日

七夕やひとりケニアの空の下　（東京都）三井正夫

八月や日本に大き穴二つ　（北本市）萩原行博

戦争の貧しさしみて団扇かな　（東京都）各務雅憲

人生の椅子を失《な》くせり晩夏光　（筑紫野市）二宮正博

楸邨忌浮巣見がてら旧居訪ふ　（埼玉県宮代町）酒井忠正

ほんたうは日本の忌日沖縄忌　（秋田市）神成石男

早苗田の深き青空鮒《ふな》も飛ぶ　（さいたま市）田中松代

街往《ゆ》けば暑し停《とま》ればなほ暑し　（東京都）渡辺礼司

サングラスおよそ似合はぬ人ばかり　（東京都）野上　卓

母を呼びつつ野良になる仔猫　（西海市）前田一草

評

一席。すばらしい七夕の星空。キリマンジャロも見えて。二席。かつて朝日俳壇に〈八月の地球に二つ爆心地〉（緒方輝）。こちらは虚《うつ》ろな巨大な穴。三席。一本の団扇にも及ぶ戦争。十句目。立派な野良猫になりなさい。

【大串章選】　七月三十日

戦火なき空を信じて蟬《せみ》生る　（さいたま市）齋藤紀子

草笛の祖父と合奏ハーモニカ　（各務原市）林　哲彦

風鈴の満艦飾の音色かな　（三浦市）秦　孝浩

深海の魚発光す原爆忌　（千葉市）宮城　治

炎天に迷子の我を捜しけり　（熊谷市）内野　修

少女にも釣れて釣堀賑《にぎ》はへり　（今治市）横田青天子

水田は千客万来涼しさう　（海南市）楠木たけし

蓮《はす》の花見てゐて我に気付かざる　（岩倉市）村瀬みさを

老二人山家は広し金魚玉　（島根県邑南町）椿　博行

走馬灯同窓会に車椅子　（名古屋市）中西惠子

評

第一句。蟬だけではなく、人間の子供もそう信じて生まれて来る。大人はなぜ戦争を続けるのか。第二句。「ハーモニカ」を吹いているのは孫。楽しい雰囲気が漂う。第三句。「満艦飾の音色」が言い得て妙。風鈴祭りの情景か。

【小林貴子選】　八月六日

水差せば金魚は裳裾《もすそ》拡げけり　（奈良市）田村英一

海の日や海に謝ることばかり　（日進市）松山　眞

風生の句で締め暑中見舞かな　（郡山市）寺田秀雄

転生のりゅうちぇる憩え姫女苑　（川崎市）浅井　淳

うやむやにできぬ水論婆も出で　（宇部市）萬　洋子

☆ただいまかえりました八月の空耳　（武蔵野市）蓮見徳郎

配達は望んでをらず落し文　（神戸市）池田雅かず

大夕焼鴉語《からすご》共に語りたき　（厚木市）吉行奎子

その中は知りたくもなし蟻地獄　（神戸市）出店智恵呼

夜濯《よすすぎ》の手強き物に練習着　（鎌ケ谷市）梅渓由美子

評

一句目、尾びれの大きい美しい金魚だろう。優雅な動きが「裳裾」の語で捉えられた。二句目、マイクロプラスチック問題など、報じられるたび胸が痛む。三句目、暑中見舞に一句を添えるとは俳人の楽しみ。ご自分の句でも可。

【長谷川櫂選】　八月六日

幽霊の図を修復す原爆忌　（筑紫野市）二宮正博

新聞紙一枚掛けて昼寝かな　（吹田市）井田誠夫

遠泳や勇気で越える波と風　（東京都）富塚　昇

サヨナラに沸く炎天の地方球場　（羽曳野市）菊川善博

くつきりと出水の跡の冷蔵庫　（高松市）島田章平

大戦のドキュメンタリー観《み》て端居　（大津市）星野　暁

ああここが父の故郷夏休　（横浜市）有村次夫

伸びるほどには進まざる蚯蚓《みみず》かな　（弘前市）小田桐素人

友鮎《ともあゆ》を放ちて風の吹くままに　（静岡市）松村史基

十七音一気に夏を詠み下す　（長岡市）安達ほたる

評　一席。事実を淡々と詠んで力強い一句になった。丸木夫妻の「原爆の図」の一つ「幽霊」。二席。この無雑さが涼しい。新聞紙の乙な使い道。三席。最後は勇気しかない。困難を乗り越えるには。十句目。酷暑を俳句で一刀両断。

【大串章選】　八月六日

滝落ちていよよ華やぐ水の音　（高松市）桑内　繭

白南風《しろはえ》や島に島色戻りけり　（広島市）谷脇　篤

ひまわりの真顔が続く迷路かな　（船橋市）武藤みちる

滝音に背筋正して橋の上　（長崎市）徳永桂子

日盛りや流木の黙《もだ》土砂の黙　（国分寺市）野々村澄夫

齢《よわい》より長き戦後よ百合《ゆり》の花　（熊本市）柳田孝裕

夕端居戦死を語る人も逝き　（神奈川県寒川町）石原美枝子

虹色で生きたし虹を渡るまで　（北九州市）野崎　仁

炎天に死が舞い降りし原爆忌　（筑紫野市）二宮正博

夕されば百歳の母草むしる　（多摩市）田中久幸

評

第一句。渓流から大河まで川の音は千差万別。滝になると華やかに鳴りひびく。第二句。白南風が吹き緑色の草木が島を覆う。これぞ正《まさ》に島の色。第三句。向日葵《ひまわり》はひたすら咲き続けるだけ、迷路を作ろうなどと思ってはいない。

【高山れおな選】　八月六日

猫と犬降ってきさうな大夕立　（神戸市）喜多　清

長崎忌無数の聖書焼かれけり　（横浜市）飯島幹也

草むしり命あるもの飛び跳ぬる　（長崎市）下道信雄

熱帯夜夢の入口さ迷へり　（今治市）松浦加寿子

☆ただいまかえりました八月の空耳　（武蔵野市）蓮見徳郎

父母の貌《かお》見せたまへ雲の峰　（苫小牧市）齊藤まさし

片陰へ木陰へ忍者走りの子　（相模原市）井上裕実

月見草窓から入る学生寮　（諫早市）後藤耕平

昼を取る異国の二人木下闇　（尾張旭市）久永　満

若者の映《ば》えスポットの西日かな　（大阪市）大塚俊雄

評

喜多さん。いくら凄《すさ》まじい夕立だからと言って……面白い。飯島さん。間接的な表現がかえって出来事の不条理さを際立たせるようだ。下道さん。虫たちを捉える視線が優しい。水原秋桜子に〈蓮の中羽搏《はう》つものある良夜かな〉。

【長谷川櫂選】　八月二十日

八月を真二つにして黙禱《もくとう》す　（吹田市）太田　昭

九十歳あの世この世で夏休み　（新座市）丸山巖子

世界壊るを語りつつ桃齧《かじ》る　（山梨県市川三郷町）笠井　彰

炎天を来て十分の面会日　（伊丹市）保理江順子

死に水は冷酒がよろしさう願ふ　（川越市）益子さとし

旅人としてふるさとを行く晩夏　（大阪市）今井文雄

水だけを持つて静かな端居かな　（所沢市）岡部　泉

武蔵野や六十余年走馬灯　（三鷹市）二瀬純一

炎天や魚寄りくる船の影　（境港市）大谷和三

土用波生まるるところ皆知らず　（対馬市）神宮斉之

評　一席。軍国主義から平和主義へ。八月十五日を境に。二席。あの世この世を自在に行き来する心。三席。世界の崩壊が普通に語られる時代。存分に。桃をむさぼりながら。十句目。打ち寄せる姿は知っていても。世界は奥深い。

【大串章選】　八月二十日

句と遊び米寿の秋を迎へけり　（堺市）山戸暁子

老いたれば老いに逆らひアロハシャツ　（横浜市）鍋島武彦

蟻を追ふ蟻を追ふ蟻蟻の列　（青森市）小山内豊彦

夏つばめ流浪《さすら》ふ民をはげまして　（川口市）青柳　悠

夏の日の海岸通りカフカ読む　（東京都）吉竹　純

向日葵はいのちいのちと咲いてゐる　（茨木市）瀬川幸子

滴るや我が老残のかくあらん　（境港市）大谷和三

夏炉焚《た》き古城の旅を語りけり　（東京都）小出　功

百歳の少年掛けるサングラス　（塩尻市）古厩林生

部屋毎《ごと》に吊《つ》りし風鈴廊下にも　（伊万里市）田中南嶽

評

第一句。句と「遊び」に心が和む。先師大野林火の講演「執して離れて遊ぶ」を思い出す。第二句。年を取ってもしょぼくれてはならない。「アロハシャツ」が明るく心地好い。第三句。蟻・蟻・蟻・蟻と続けて俳諧味アリ。

【高山れおな選】　八月二十日

炎天の隅に黙つて座りけり　（熊谷市）内野　修

空蟬《うつせみ》を供花《くげ》に止め置くねんごろに　（東京都）久塚謙一

滴りのごと夫《つま》一語我一語　（長野市）縣　展子

そろり守宮《やもり》間詰め一瞬蛾《が》を喰《く》らう　（一宮市）ひらばやしみきを

土用凪《どようなぎ》君はすべてを背負ふ人　（富士市）村松敦視

御輿《みこし》担ぐスカイツリーの下に住み　（高槻市）中島節子

夏座敷少年ひとりかしこまる　（札幌市）堺　隆

森じゅうの一葉も揺れず蟬時雨《せみしぐれ》　（東村山市）内海　亨

地下足袋の男《おとこ》等《ら》無言　心太《ところてん》　（一関市）佐藤光男

胡瓜《きゅうり》切るリズムは朝のリズムなり　（豊中市）夏秋淳子

評　内野さん。木蔭《こかげ》などではないのだろう。何でもないはずのことが、暗く、重く感じられるのは、この炎天を超える炎天のせい。久塚さん。庭の花か野の花か。縣さん。穏やかな夫婦関係。高浜虚子に〈彼一語我一語秋深みかも〉。

【小林貴子選】　八月二十日

勝負あり団扇そろって動き出す　（藤岡市）飯塚柚花

夏帽子ポニーテールのテール出し　（茨木市）瀬川幸子

夕刊を手渡しされて門涼み　（秦野市）小巻一吉

親が子を子が親思う猛暑かな　（立川市）須崎武尚

共同温泉二人のあっぱっぱ　（別府市）樋園和仁

汗拭いてつるんと若き顔ひとつ　（小山市）木原幸江

手拭《てぬぐい》を清水に浸しロックフェス　（川崎市）多田　敬

朝顔の萎《しぼ》みの上に蕾《つぼみ》かな　（三島市）高安利幸

蟬よぎる通天閣の展望台　（橿原市）上田義明

ボンネットスニーカー干すスポーツカー　（東京都）日出嶋昭男

評

一句目、相撲の栈敷席が想像された。固唾《かたず》を呑んで見守った一番が終わって。二句目、後ろで一つにまとめた髪が涼しげで、「テール」を二度言ったのが楽しい。三句目、「門涼み」という季語が効果を発揮し、情景が見えてくる。

【大串章選】　八月二十七日

闇空に体当りする花火かな　（今治市）宮本豊香

蟬時雨今日を限りの蟬あらん　（今治市）横田青天子

宛名のみの葉書《はがき》の届く猛暑かな　（南足柄市）吉澤フミ子

打つ手なき地球に水を打ちにけり　（八王子市）額田浩文

深海の貝になりたき暑さかな　（横浜市）渡辺萩風

戦場を生きし一句や敗戦忌　（オランダ）モーレンカンプふゆこ

終戦日母の人生一変す　（東広島市）久岡則子

生きてゐる魂として踊りけり　（長野市）縣　展子

笑顔なき昭和の写真敗戦忌　（京都市）室　達朗

原爆忌重ね八十路となりにけり　（泉大津市）多田羅初美

評　第一句。闇夜の空に炸裂《さくれつ》する打ち上げ花火。まさに「体当り」の迫力。第二句。鳴きしきる蟬たちの中には、今日死んでしまう蟬も居る。羽化した蟬の寿命は短い。第三句。「宛名のみ」とはびっくり。猛暑ゆえのうっかりミスか。

【高山れおな選】 八月二十七日

このオブジェ過去を明かせば竹婦人 （栃木県壬生町）あらゐひとし

過去よりの市電来るごと原爆忌 （伊万里市）萩原豊彦

中古車と猟奇のニュース聞く溽暑《じょくしょ》 （藤沢市）朝広三猫子

幼稚園鍬形《くわがた》音頭特訓中 （さいたま市）春日重信

蜘蛛《くも》の糸混ざり気のなき白い家 （神戸市）豊原清明

重役を囲みて土用鰻《うなぎ》かな （千葉市）團野耕一

片頰《かたほほ》を焼かれて歩く大西日 （多摩市）田中久幸

原付《げんつき》の甚平の裾翻す （岩国市）冨田裕明

アルプスの水買ってくる原爆忌 （柏市）物江里人

やはらかき夜のむすびめ風の盆 （東京都）夏目そよ

評

あらゐさん。「過去を明かせば」に一笑。どんなオブジェなのか。萩原さん。広島の市電は原爆投下から三日後には運転を再開。そのイメージを活《い》かした句。朝広さん。自《おの》ずから絶妙な配合に。絶妙とか言っている場合ではないが。

【小林貴子選】　八月二十七日

夏合宿君の生き方好きだよと　（さいたま市）田中松代

骨無きもわれに残す血墓洗ふ　（東京都）橋本栄子

大花火の中に子花火孫花火　（稲城市）日原正彦

塹壕《ざんごう》のごと深々と牛蒡《ごぼう》掘る　（横浜市）我妻幸男

板の径《みち》足音高く登山靴　（立川市）濵田和子

浜木綿《はまゆう》や練習船に未来あり　（下関市）野﨑　薫

猛暑日は髪一本も煩わし　（仙台市）安川仁子

釣忍そつと合鍵渡す仲　（つくばみらい市）北野和良

知り尽くす男のすべて女郎蜘蛛《じょろうぐも》　（大村市）小谷一夫

小気味よく女子アナ語る涼しさよ　（調布市）奈良井　潔

評

一句目、夏合宿中の若者だろうか。こんな会話が交わされているとは、ドラマのよう。二句目、戦地から骨さえ戻らなかった父。その血を引く子は父を深く思い続ける。三句目、大花火の生む小花火は可愛いなと私も思っていた。

【長谷川櫂選】　八月二十七日

うきわつけ土星がおよぐうちゅうかな
（川崎市）かとうゆうき

炎天の皇居沈黙の議事堂
（三田市）太田洋人

子は親の全てを奪ふ鰯雲《いわしぐも》
（大和市）林　有美

美しき蛾が死ににくる月の夜
（金沢市）前　九疑

灼熱《しゃくねつ》の死神にあふ夢の中
（越谷市）新井髙四郎

内省の日々に欠かせぬビールかな
（栃木県壬生町）あらゐひとし

亡きひとの守りし国の敗戦忌
（東京都）酒光幸子

星眺め浮人形の一夜かな
（静岡市）松村史基

つくづくと小顔の土用鰻かな
（下関市）内田恒生

戦知る選者は一人敗戦日
（横浜市）飯島幹也

評　一席。楽しい天体図。地球にも浮輪が欲しい。作者は小四。二席。真夏の日差しにしんしんと耐える東京。黙示録の描く町のような。三席。すべて奪われていいと思うのが親。成長する子をたたえる。十句目。三人は戦後生まれ。

【高山れおな選】　九月三日

鈴虫や奇跡のやうな返事来る　（奈良市）藤岡道子
ワクチンを西日に向かひ打ちに行く　（松山市）正岡唯真
炎帝のフルスイングに煽《あお》られる　（東京都）野上　卓
しやかりきに愛車拭へり西日中　（本庄市）篠原伸允
桃すするうしろ姿のふりむかず　（生駒市）小田原久美子
秋の句を詠まねばならぬ酷暑かな　（川越市）横山由紀子
夏料理近江で採れしものばかり　（東大阪市）渡辺美智子
星祭りすべてはこのよだけのこと　（筑後市）近藤史紀
空蟬や二つ並びて情死めく　（大村市）小谷一夫
白雨来る那智の大瀧《おおたき》けぶりをり　（埼玉県宮代町）鈴木清三

評　藤岡さん。どんな奇跡なのか。思わず引き込まれる表現だ。正岡さん。気迫は十分。コロナも酷暑も、どちらも命がけと言えば言える。野上さん。朝、扉を開けて外に出ると顔に当る熱気の塊《かたま》り。炎帝のフルスイングで起こる風だったか。

【小林貴子選】　九月三日

滝壺《たきつぼ》を猪《しし》の屍《かばね》の出もやらず　（大阪府島本町）池田壽夫

恐竜の足跡に足夏休み　（八幡市）小笠原　信

教室に帯結び合う花浴衣　（長野県川上村）丸山志保

絵本では眼鏡してをりきりぎりす　（三郷市）村山邦保

水中の風切るやうに泳ぎけり　（厚木市）大野へんろ

ほんたうの風になりたき扇風機　（横浜市）佐々木ひろみち

ライバルの多そうな木や蟬生《あ》るる　（高槻市）若林眞一郎

やや白きところが淀《よど》か天の川　（北本市）萩原行博

冷蔵庫停電といふ試練かな　（松山市）正岡唯真

図書館の利用もちゃんと避暑である　（小平市）本多達郎

評　一句目、命を落とした猪が滝壺にはまったままとは哀れ。どうしてやることも出来ない。二句目、大きい足跡の上に足を置いたのは人間。恐竜の大きさに目がまん丸だ。三句目は女子高生か大学生か。キャッキャと華やぐ空気が伝わる。

【長谷川櫂選】　九月三日

馬鹿みたいな青春に相応《ふさわ》しき虹　（静岡市）松村史基

母なればただこんこんと泉なり　（東京都）吉竹　純

籐《とう》寝椅子ボードレールと寝転がる　（武蔵野市）相坂　康

罪深き国の一つや敗戦忌　（東京都）速水禧子

佇《たたず》める美事《みごと》な牡鹿星動く　（札幌市）関根まどか

会議中二度目の夕立過ぎにけり　（東京都）竹内宗一郎

我が家へも訪《おとな》ひ呉《く》れし鉦叩《かねたたき》　（藤沢市）朝広三猫子

鉄板の如き砂浜雲の峰　（長崎市）下道信雄

鶏の卵小さくなりし夏　（石川県能登町）瀧上裕幸

白焼きの鰻に辛き地酒付き　（千葉市）石野　勤

評　一席。それでも青春はすばらしいというのだ。過ぎてわかる青春の価値。二席。母は木かげに湧く泉。何やかやあっても。三席。かなり妖しいボードレール。ランボーだと若すぎるか。十句目。料理の句はおいしそうに詠むことが肝要。

【大串章選】　九月三日

水馬《あめんぼ》や青空リンクのスケーター　（鎌倉市）小椋昭夫

校門にピアスを外す夜学生　（京田辺市）加藤草児

帰省子や村を出てゆく人ばかり　（大村市）小谷一夫

桐一葉きのふへけふの重なりぬ　（北本市）萩原行博

両脇に案山子《かかし》を抱へ老農夫　（東かがわ市）桑島正樹

間違ひの電話美声や初紅葉　（平塚市）日下光代

秋蝶《あきちょう》の消えしと見えて顕はるる　（秋田市）松井憲一

駅名を重ね涼しき旅となる　（静岡市）松村史基

故郷に逢《あ》ひたき人の墓洗ふ　（川越市）大野宥之介

星たちの墓原のごと天の川　（東京都）中村孝哲

評　第一句。水面に映る青空を「青空リンク」と言い、滑走する水馬を「スケーター」と言った。おもしろい。第二句。校門を入ると勉強一筋。ピアスを外してけじめをつける。第三句。この「帰省子」もやがて村を出て行くのか。さびしい。

【小林貴子選】　九月十日

ほんのりと黄の光たつ新豆腐　（淡路市）川村ひろみ
もう離れ行つてしまふか精霊舟　（大和市）平子　進
処理水怖《お》づ藻に住む虫の音に泣く藻　（大船渡市）桃　心地
習字の手取つて教へる夏休み　（いわき市）岡田木花
台風や予測上がれど減らぬ害　（神奈川県箱根町）渡邉英一郎
秋めくや何となく寄る文具店　（川西市）糸賀千代
芋虫に空飛ぶ未来ありにけり　（小山市）倉井敦子
ざわわざわわ地の声ざわわ姫百合忌《ひめゆりき》　（藤沢市）安井　海
クーラーの前に男の仁王立ち　（今治市）横田青天子
片翅《かたはね》をまづ捥《も》がむとす蟻の道　（日立市）川越文鳥

評　一句目、収穫されたばかりの大豆から作られた新豆腐。上五・中七の描写がいかにも美味。二句目、盆の終わりに魂を舟に乗せて川へ流す。名残《なご》り惜しくてたまらない。三句目は「藻に住む虫の音に鳴く」という秋の季語を用いた時事句。

【長谷川櫂選】　九月十日

ありし日の汀子主宰の阿波踊　（大阪府島本町）池田壽夫

短夜や異国のやうな六本木　（東京都）須藤涉一

煮える田にズブリと入りて草を抜く
（三重県明和町）西出泥舟

卵巣を一つ無くして星月夜　（広島市）原森　泉

特攻が美談なものか敗戦日　（藤沢市）朝広三猫子

伯父軍医自害八月十五日　（東京都）松木長勝

炭坑節になると広がる踊りの輪　（市川市）白土武夫

己が手で罪裁くべし敗戦忌　（八王子市）徳永松雄

終戦七十八年ごみ収集車雨のなか　（名古屋市）山守美紀

夏終るビキニの見えるゴミ袋　（新潟市）齋藤達也

評　一席。そんな日もあった。花ある人の懐かしい姿。二席。夏の不夜城。六本木。現代の妖しさ、ここに極まるか。三席。まさに「田水沸く」。ズブリという音が如実。十句目。楽しかった日々も、こうして捨てられる。ゴミ袋の中の夏。

【大串章選】　九月十日

どの道を行くも激しき草いきれ　（島根県邑南町）服部康人

満州を父は語らず敗戦日　（長野県豊丘村）宮下　公

風鈴の音の遠のく読書かな　（茅ヶ崎市）藤田　修

戦争の揺《す》り鉢《ばち》深し蟻地獄　（福島県伊達市）佐藤　茂

父と子が違ふ沖見る敗戦忌　（鶴ヶ島市）横松しげる

故郷の滴る山に語りかけ　（鴻巣市）清水基義

貧を生き貧楽しまむかたつぶり　（大村市）髙塚酔星

やがて吾《あ》も入る妻の墓洗ひけり　（西条市）稲井夏炉

父母逝きて心弾まぬ帰省かな　（明石市）駿河亜希

今生の最後と思ひ踊りけり　（大阪市）眞砂卓三

評　第一句。この「道」は人生の道でもある。「草いきれ」の熱気に負けてはならない。第二句。私の父も満州から引き揚げて来たが、満州のことは一切話さなかった。何故《なぜ》だろう。第三句。読書に没頭すると、風鈴の音が気にならなくなる。

【高山れおな選】　九月十日

考える人立ちあがる花火かな　（尼崎市）田中節夫

手を合わすことがたくさん夏の雲　（成田市）かとうゆみ

天井画古《ふ》りつつ蟻地獄新た　（八代市）山下しげ人

風死して回覧板の刺さる家　（寝屋川市）今西富幸

知らぬ間に飯粒こぼす敬老日　（福岡市）釋　蜩硯

白泉と廊下で話す敗戦日　（高松市）島田章平

飛蚊症《ひぶんしょう》のＢ29ぞ雲の峰　（須賀川市）関根邦洋

鶏頭の赤に昭和の滲《にじ》み出る　（川越市）大野宥之介

我も又罪人炎暑地獄かな　（松戸市）橘　玲子

蟬しぐれ浴びきて我の蟬と化す　（高槻市）野村　栄

評　田中さん。大花火の何万の人出の中に、ひっそりとこんなシーンがあったのだ。かとうさん。八月のさまざま。自分の言葉で表現しているのが佳い。山下さん。雲龍図の類を仰いで外に出ると蟻地獄。対照の妙。野村さん。何と恐ろしい。

【長谷川櫂選】　九月十七日

目を病んで心眼てふをおもふ秋　（筑西市）加田　怜

花の影探し一人の秋手入　（川越市）大野宥之介

露の玉ひとまたたきに落ちにけり　（東京都）木幡忠文

弥陀仏《みだぶつ》を流るる木目秋の風　（東京都）望月清彦

歌舞伎町ここに噴水ありし頃　（鴻巣市）清水基義

ホーキング死して五年の星月夜　（東京都）野上　卓

世にありて少し斜めに猫じやらし　（我孫子市）森住昌弘

今もつてもがく福島蟻地獄　（福島県伊達市）佐藤　茂

かんさつのピーマンママが食べちゃった　（成田市）かとうゆみ

この残暑水着のやうにシャツを脱ぐ　（高萩市）小林紀彦

評

一席。健康なうちは肉眼に頼る。病んでこそ見える心の世界。二席。夏を越した庭の手入れ。影の一字、いかにも秋。三席。露の玉がきらりと落ちる。まるで瞬きをしたように。十句目。汗ではりつくシャツを脱ぐ。何とも一苦労。

【大串章選】　九月十七日

空蟬に未《いま》だ命の光りけり　（高松市）信里由美子

これしきの残暑戦火にくらべれば　（東大和市）田畑春酔

みの虫の着のみ着のまま風のまま　（東広島市）乙重潤子

孤独死のうわさの屋敷こぼれ萩《はぎ》　（志木市）谷村康志

夏休みデジタル時代の紙芝居　（神奈川県大磯町）小松守良

退役の案山子の肩の鴉かな　（東大阪市）宗本智之

稲雀《いなすずめ》着地のうねり発つうねり　（仙台市）三井英二

離島には離島の暮らし海晩夏　（高松市）桑内　繭

晩年の真顔となりぬ昼寝覚め　（新潟市）岩田　桂

推敲《すいこう》の迷路の夜更け稲光　（一宮市）近藤二三子

評　第一句。空蟬を見ながら蟬の命を思う。羽化して飛び立った蟬の命は短い。第二句。「これしきの残暑」に弱音を吐いてどうする。太平洋戦争末期、戦争による火災に苦しめられた人の偽らざる心情。第三句。蓑虫《みのむし》の生き様を言い表して見事。

【高山れおな選】　九月十七日

地球より出《い》で青深し秋の富士　（三島市）高安利幸

とびきりの一本道の月夜かな　（越谷市）新井高四郎

赤絨毯《あかじゅうたん》の下に戦争が眠っている　（箕面市）櫻井宗和

大花火白狐《びゃっこ》の面も見てをりぬ　（戸田市）蜂巣厚子

迷宮に入りし茸《きのこ》の穴場かな　（八王子市）徳永松雄

珈琲《コーヒー》に舌やき暑き日に向かふ　（三田市）橋本貴美代

稲妻や霞が関を袈裟《けさ》懸《が》けに　（香川県琴平町）三宅久美子

海女小屋に小さな鏡吊るしあり　（三重県明和町）西出泥舟

人去りて村の子はねる秋の海　（三郷市）村山邦保

散り菊のこらえどころや友の逝く　（東京都）倉形洋介

評　高安さん。青は藍より出《いで》て云々《うんぬん》は気にせず、素直な叙景と読みたい。佐藤弓生に、〈どんなにかさびしい白い指先で置きたまいしか地球に富士を〉。新井さん。「とびきり」の意気が佳い。櫻井さん。この場合の「赤絨毯」は政治の換喩。

【小林貴子選】　九月十七日

まだ重き昭和の記憶向田忌　（大阪市）上西左大信

秋風や遺失係の居る駅舎　（向日市）福嶋　猛

さやうなら高三のこの白服よ　（さいたま市）伊達裕子

やり投げの腕《かいな》の伸びや秋涼し　（安曇野市）苅部紀久子

間引菜《まびきな》のこんがらがつたまま食す　（相模原市）井上裕実

老いたれどやっぱり地味や白き服　（武蔵野市）中村偕子

兜虫《かぶとむし》脱皮できずに死にゆけり　（戸田市）蜂巣厚子

白馬岳《しろうま》の山頂に呑む生ビール　（久留米市）本園明男

台風の老木倒し若木に陽　（神奈川県二宮町）森下忠隆

敷石の色目覚めさせ秋の雨　（酒田市）伊藤志郎

評　一句目、向田邦子忌は八月二十二日。残された脚本や小説には昭和の深淵《しんえん》が詰まっている。二句目、遺失物係の扉の前に立ち、喪失したものに思いを巡らしたりするのは秋風のせい。三句目、次の夏はどんな服？　未知の未来がまぶしい。

【大串章選】　九月二十四日

敗戦日母の着物を米に換へ　（北九州市）秋吉　晃

十歳の鼠《ねずみ》小僧《こぞう》や村歌舞伎　（東村山市）髙橋喜和

一生は片道切符秋の蟬　（神戸市）岸下庄二

秋めくを見付けし雲の形かな　（市川市）をがはまなぶ

星流れ月は地球を離れ行く　（福岡市）釋　蜩硯

花野みち牧野博士と歩きたし　（市川市）竹内空夫

花野行く卒寿の夫と手をつなぎ　（泉大津市）多田羅初美

過疎の村天賑やかに鰯雲　（奈良市）田村英一

仏壇に爆弾のごとラ・フランス　（境港市）大谷和三

古稀《こき》の子と敬老の日を祝ひけり　（神戸市）岸田　健

評　第一句。太平洋戦争終結後の食糧難を思い、当時の物物交換を思う。「母の着物」を「米」に換えて命をつないだ。第二句。十歳の「鼠小僧」とはおもしろい。どこの歌舞伎舞台だろうか。第三句。正《まさ》にその通り。二度と戻る事は出来ない。

【高山れおな選】　九月二十四日

二十四時眠らぬ街に秋がいる　（千葉市）今関浩子

揚花火水の星より夕星へ　（京都市）室　達朗

北斎の富士金継ぎのごと白雨　（水戸市）加藤木よういち

コトコトとこぞくら煮えて秋ふかみ　（金沢市）前　九疑

二百年前の切り株秋の声　（神戸市）藤井啓子

潮騒と蒔絵《まきえ》のやうな天の川　（丹波市）木内龍山

ロンドンは英語ばかりの夜長かな　（東京都）松木長勝

新松子《しんちぢり》道に零《こぼ》れて猫の嗅ぐ　（松本市）浅田　護

東京は公園多し震災忌　（横浜市）御殿兼伍

八月尽句集「八月」読む一日《ひとひ》　（町田市）吉野和子

評　今関さん。深夜に現れる不思議な獣のような秋。室さん。花火大会の会場は川辺や海辺。加藤木さん。「冨嶽三十六景」の「山下白雨」を詠んだ。前さん。こぞくらは金沢方言で鰤《ぶり》の幼魚の由。吉野さん。『八月』は黒田杏子《ももこ》氏の遺句集。

【小林貴子選】　九月二十四日

☆ソファーより夏負けの身を剝がしけり　（四街道市）大塚厚子

夕焼や阿仏尼祀《まつ》る小さき洞　（鎌倉市）小椋昭夫

ネッシーの棲むや湖水に秋の波　（川越市）吉川清子

だぼ鯊《はぜ》といへども釣るは愉快かな　（津市）中山道治

海のなき古都より仰ぐ鰯雲　（奈良市）田村英一

仏前や房に戻れぬ葡萄《ぶどう》粒　（東大和市）板坂壽一

高木へ差す日の低くなりて秋　（昭島市）奥山公子

叡山の僧兵のごと稲雀　（志木市）谷村康志

虎キチは残暑以上に燃え上がり　（松阪市）石井　治

評　一句目、夏負けも症状が重いとソファーから身を起こせないほどに。本格的な秋の訪れが待たれる。二句目、『十六夜日記』を残した阿仏尼の洞というひそやかさに夕焼が映える。

【長谷川櫂選】　九月二十四日

☆ソファーより夏負けの身を剝がしけり　（四街道市）大塚厚子

蟹《かに》の穴ひとつひとつの日暮《ひぐれ》かな　（いわき市）馬目　空

新豆腐生きてゐるかに手に寄せて　（神奈川県寒川町）石原美枝子

台風の行きつ戻りつ近づき来　（伊丹市）保理江順子

中国の佳人にたのむ月の菓子　（蒲郡市）三田土龍

大谷を子規に見せたき糸瓜《へちま》かな　（東京都）野上　卓

ひぐらしのしろがねのこゑ森に満つ　（柏市）物江里人

針一本背中に打たれ秋の蝶　（さいたま市）田中彼方

犬と行く大暑の朝の遠き富士　（藤沢市）青木敏行

夏風邪や人に会はねば物言はず　（柏市）藤嶋　務

評　一席。猛暑につづく残暑。体を起こすにも気合が要る。二席。無数の蟹の穴のある干潟か。みなゆっくりと夕暮れてゆく。三席。そっと掬うのである。まるで命あるかのように。十句目。ふと気づくと、一日中一言もいわなかった。

【高山れおな選】　十月一日

鬼やんまわが持たぬものすべてもつ　（佐渡市）千　草子

ちちの汗はははの汗みなはるかなる　（取手市）うらのなつめ

☆露の世やとはいへ貰《もら》ふ処方箋《しょほうせん》　（高槻市）若林眞一郎

ごきぶりが平気な夫を懐かしむ　（三鷹市）宮野隆一郎

老人の日の知らぬ間の打身《うちみ》かな　（大阪市）今井文雄

越して来し坊やの声や天高し　（高槻市）日下遊々子

秋燕《しゅうえん》や小人踊らす時計台　（宮若市）光富　渡

桐一葉まじめに老いてしまひけり　（大和市）平子　進

鵯《ひよどり》と悪代官と越後屋と　（岐阜県揖斐川町）野原　武

長き夜や覗《のぞ》けば深き俳句欄　（太宰府市）陶山禎子

評

千さん。中七下五の痛快な断言が描き出す鬼やんまの威風堂々ぶり。うらのさん。「汗」のリフレインに思いが籠《こも》る。若林さん。諸行無常と達観はしていても、生きているうちは生きねばならぬ。フェイントめいた「とはいへ」が面白い。

【小林貴子選】　十月一日

身罷《みまか》らむ泰山木の花を観て　（神奈川県二宮町）村岡多加子

台風の思ひ思ひの三つかな　（大阪府島本町）池田壽夫

夜学生に学校渡す帰り道　（羽島市）緒方房子

鬼太郎のおやじ入浴良夜かな　（瑞浪市）岩島宗則

けふ白露空の牧場に羊来ぬ　（羽村市）塩入香代

偉からずして大いなる生身魂　（船橋市）斉木直哉

砲痕の石垣晒《さら》す南洲忌　（秋田市）松井憲一

たうもろこしで良し最後の晩餐《ばんさん》　（和歌山県串本町）前田三紀

エリザベス逝《ゆ》き一年の寒露かな　（東京都）松木長勝

神島に鷹《たか》の渡りを待つてをり　（尾張旭市）古賀勇理央

評　一句目、白くて大きい泰山木の花は魅力的。これを堪能すれば私も安らかに逝けそう。二句目、天気図に台風が三つという句は他にもあるが、「思ひ思ひ」という発想が良い。三句目、全日制と定時制の生徒が交代。皆よく学んで欲しい。

【長谷川櫂選】　十月一日

太平洋ブルー滴る秋刀魚《さんま》焼く（横浜市）佐々木ひろみち

俳句より省略されてゐる案山子《かかし》（一宮市）岩田一男

帰り来て残る暑さの一軒家（長野市）縣　展子

林檎《りんご》にも生まれ故郷のありにけり（大村市）小谷一夫

静けさへダブルクリック秋の夜（静岡市）松村史基

鐘楼といへど楼のみ秋の声（栃木県壬生町）あらゐひとし

室内を蜂が巡回台風裡《り》（熊谷市）内野　修

☆露の世やとはいへ貰ふ処方箋（高槻市）若林眞一郎

秋天に足の弱りのもどかしや（尼崎市）田中節夫

秋暑しラグビー相撲プロ野球（東京都府中市）志村耕一

評

一席。「太平洋のブルー」とあったが「の」は不要。太平洋ブルー！　二席。俳句には「間」がたっぷりある。案山子もまた。三席。残暑のこもる家。戸も窓も閉じてあったのだろう。十句目。熱いスポーツばかり。なかでも……。

【大串章選】　十月一日

露の世を潜《くぐ》り抜け来て米寿かな　（尼崎市）田中節夫

月光の零《こぼ》れ止《や》まざる水車かな　（高山市）大下雅子

雲の速さ時には月の速さとも　（仙台市）三井英二

落とし物探す夜道にみみず鳴く　（川崎市）小関　新

眼差《まなざ》しは笠のかたむき風の盆　（土岐市）中野和彦

黄泉《よみ》からの招きの多き夜長かな　（いわき市）佐藤朱夏

人に似し案山子とみれば動きけり　（大村市）小谷一夫

牧水忌旅人に空明るくて　（所沢市）木村　佑

鳶《とび》が舞ふ限界集落柿熟す　（新座市）丸山巌子

友ら雲になりて浮かべり秋の山　（東京都大島町）大村森美

評　第一句。はかないこの世ではあるが、88歳まで生きて来た手応えは充分ある。第二句。月の光に輝く水車の水を「月光」が零れると言い切った。詩的表現の妙味。第三句。雲が動いているのに月が動いているように見える時がある。

【小林貴子選】　十月八日

夜の道月とはぐれてまた出会う　（横浜市）菅谷彩香

どう見てもまなこの逸《そ》るる案山子かな　（東京都）望月清彦

旅立ちし妻の手鏡色なき風　（東京都）野口嘉彦

敬老日二足歩行の孫来たる　（習志野市）橋本眞理子

☆兜太似と子規似の木の実並べおく　（青梅市）市川蘆舟

ＡＩに責任感無しちんちろりん　（多摩市）金井　緑

凶作田見て銀行員すぐに去る　（横浜市）飯島幹也

梨狩《なしがり》やプラスチックのナイフ持つ　（玉野市）加門美昭

動かぬ軀《く》叫びたき日よ獺祭忌《だっさいき》　（山口県平生町）平岡久美子

バク転のパンダ転がす秋の晴　（青森市）天童光宏

評

一句目、しばらく見失っていた月と再会、何だか嬉しい。二句目、案山子と目を合わせようとしても、目を逸らされてしまう。案山子に意志あるごとし。三句目は妻への思いが深い。四句目、真面目に詠っているのに、俳諧味がじわりと。

【長谷川櫂選】　十月八日

☆一歳の子を真ん中に敬老日　（泉大津市）多田羅紀子
台所《だいどこ》に芋栗南瓜《かぼちゃ》そろひけり　（下呂市）河尻伸子
終《つい》の家二東三文秋の風　（福岡市）釋　蜩硯
敬老の日とてかはらぬ酒二合　（大和市）岩下正文
☆兜太似と子規似の木の実並べおく　（青梅市）市川蘆舟
リーダーに事欠く国の秋の暮　（一関市）砂金眠人
虎刈りのやうなありさま梨を剝《む》く　（東京都）久塚謙一
出涸《でがら》しとおととしの梅鰯《いわし》炊く　（東京都）渡辺礼司
汀女忌ややつと涼しくなる日影　（越谷市）花井芳喜代
俳壇の句評よこがき涼新た　（彦根市）阿知波裕子

評

一席。敬老の日も主役はやはり赤ちゃん。なごやかな一家。二席。いずれ劣らぬ秋の主役たち。勢ぞろいの檜《ひのき》舞台。三席。わが家も所詮《しょせん》二東三文。追い立てるような秋風。十句目。日本語は縦書きも横書きも可。自在さが涼しい。

【大串章選】　十月八日

道さがし秋の道ゆく旅人よ　（彦根市）阿知波裕子

借物《かりもの》で順入れ替わる運動会　（長崎市）田中正和

幾千もの選句に感謝天高し　（茅ヶ崎市）加藤西葱

ひまはりの迷路に迷ひ結婚す　（熊本市）江藤明美

☆一歳の子を真ん中に敬老日　（泉大津市）多田羅紀子

放置田も休耕田も花野かな　（今治市）横田青天子

水はみな水を追ひかけ秋の暮　（東京都）望月清彦

毎日が修行と思ふこの残暑　（長野市）縣　展子

秀吉も寧々も同じ香菊人形　（川崎市）吉田ゆきえ

☆菊人形見え切る先に誰も居《お》らず　（玉野市）勝村　博

評　第一句。この「道」は人生の道でもある。進むべき道を真摯《しんし》にさがし続ける。第二句。運動会の借物競争で「老人会会長」「白髪のマダム」などとあると大変。如何《どう》しても速く走れない。第三句。返句〈幾千もの投句に感謝天高し　選者〉。

【高山れおな選】　十月八日

秋の暮センサー光る村にゐて　（加古川市）森木史子

金色の翼がほしい秋うらら　（狭山市）長谷部寿子

つみびとの如《ごと》くあふれて老人の日　（東京都）各務雅憲

ひんやりと秋の蛙《かえる》が手にとまる　（北茨城市）坂佐井光弘

新墓の父金秋のただ中に　（岡山市）小池沙知

芝付きしラガー等《ら》の顔汗滂沱《ぼうだ》　（下田市）森本幸平

虫の音や魚をほぐす老二人　（宝塚市）錦織久夫

☆菊人形見え切る先に誰も居らず　（玉野市）勝村　博

余生なほ夢のあれこれ新松子《しんちぢり》　（東京都）三角逸郎

敬老の日のマイク離さず逝きにけり　（近江八幡市）若林白扇

評　森木さん。センサーが醸し出す、違和感そのものが俳句に。長谷部さん。この思いがすでに金の翼。各務さん。少子高齢化のニュースがこんな気分を誘うわけだが、ヒトの「長い老後」には種の存続のための積極的な意味があるのだとか。

【長谷川櫂選】　十月十五日

どこでもドア色なき風の通り抜け　（福岡市）釋　蜩硯

白桃は天の乳房か吸ひ尽す　（市川市）吉住威典

給食のさんま腸《わた》なし頭なし　（栃木県壬生町）あらゐひとし

食欲の秋や九十を楽に越す　（西条市）稲井夏炉

かにかくに夜の巷《ちまた》へ西鶴忌　（大阪市）眞砂卓三

灼《や》け土にみごと干乾《ひから》ぶ蚯蚓《みみず》かな　（西海市）前田一草

小説の奥へ奥へと夜長の灯　（東京都）山口照男

光浴び爆《は》ぜて丹波の栗となる　（奈良市）田村英一

ふるさとの近きに移住秋の山　（諫早市）後藤耕平

九十の雛《ひな》美しく糸瓜水《へちますい》　（福岡市）松尾康乃

評　一席。「色なき風」は秋風。「どこでもドア」が詩になった。二席。みごとな「天の乳房」。白桃をたたえる一句。三席。食べやすいようにしてある。それでもサンマ。十句目。「九十の雛」はご自分のことか。顔も心もみずみずしく。

【大串章選】　十月十五日

満天の星に全山虫時雨　（西東京市）髙橋秀昭

初めての海の広さや秋燕《あきつばめ》　（春日部市）池田桐人

新米の出荷の我が名今年まで　（袖ケ浦市）浜野まさる

蜻蛉《とんぼう》の赤さを競ひ高みへと　（柏市）藤嶋　務

降り立てばすでに秋風秘境駅　（稲城市）坂田篤義

牧場を戸板舞ひ飛ぶ野分《のわき》かな　（浜松市）久野茂樹

過疎村の日暮れ群なす赤とんぼ　（町田市）岩見陸二

解体の蔵を見届け燕去る　（海南市）楠木たけし

五百年続く祝祭秋暑し　（ドイツ）ハルツォーク洋子

稲刈《いねかり》の声の響きて過疎の村　（相模原市）はやし　央

評　第一句。輝く星々と鳴き立てる虫達のコラボ。天地を繋《つな》ぐ壮大な光景。第二句。日本で生まれて南方へ渡ってゆく秋燕。初めて見る海の広さを物ともせず飛んでゆく。第三句。長年続けてきた稲作を今年で止《や》める。感慨深いことであろう。

【高山れおな選】　十月十五日

八百比丘尼《やおびくに》歩いても歩いても銀河　（草加市）近藤加津

いちじくのジャムは悪魔の手先なり（岡山市）曽根ゆうこ

冒険句ひっさげて行く文化の日　（川西市）糸賀千代

濁りたる底に謎の実猿酒《ましらざけ》　（大阪市）上西左大信

エメラルドめくありまきの蜜満ちて
（福島県会津坂下町）五ノ井研朗

びいどろの秋の風鈴鳴りもせで　（藤沢市）朝広三猫子

長き夜の記憶で描く日本地図　（相馬市）根岸浩一

☆新米の出来を語るや小学生　（横浜市）橋　秀文

ぶどう煮て一日を煮て愁《うれ》い煮て
（オランダ）モーレンカンプふゆこ

『ハンチバック』読み終へし日の子規忌かな
（三木市）矢野義信

評　近藤さん。不老長寿は憧れであると共に恐れをも掻《か》き立ててきた。掲句もそんな二律背反の気分を纏《まと》う。曽根さん。美味《おい》しすぎるジャムの威力?を逆説的に讃《たた》える。糸賀さん。ひっさげて行く先はもちろん句会。果たしてどんな句なのか。

【小林貴子選】　十月十五日

升《のぼ》さんが好きで糸瓜を育てをり　（今治市）横田青天子

望《もち》の潮ニライカナイからの小瓶　（あきる野市）松宮明香

喜寿過ぎて命燃やせと彼岸花　（箕面市）小西鴻生

アーモンドミルクの朝賢治の忌　（別府市）樋園和仁

蟷螂《とうろう》の擬態を競ふ垣根かな　（今治市）宮本豊香

生き下手を晒す牡鹿の貌《かお》汚れ　（東村山市）髙橋喜和

すすきは戦《そよ》ぐ鉄路に惚《ほ》れてゐるやうだ　（大和市）澤田睦子

拘《こだわ》りを棄《す》てて出る知恵蚯蚓鳴く　（横浜市）髙野　茂

☆新米の出来を語るや小学生　（横浜市）橋　秀文

爽やかに為《な》しさわやかに死が励み　（伊那市）北原喜美恵

評

一句目、正岡子規を慕い、その象徴の糸瓜を育てるとは、感銘する。二句目は中秋の名月頃の大潮。沖縄の海の向こうの楽土から小瓶が来たとは、心が震える。敬老の日の句が多く寄せられたが、三句目のように皆さん大いに命の燃焼を。

【大串章選】　十月二十二日

一生を香車のごとく秋彼岸　（松阪市）石井　治

亡兄の誕生日なり栗ごはん　（東京都）酒光幸子

推敲《すいこう》の筆の重さやけふの月　（長崎市）下道信雄

移住者がいきなり主役村芝居　（栃木県壬生町）あらゐひとし

岸壁に釣人《つりびと》ひとり望の月　（加古川市）森木史子

敬老日白寿の母は眠りをり　（加須市）大塚宗子

点滴のリズムに釣瓶《つるべ》落としかな　（小城市）福地子道

分れ道草の花ある右の道　（横浜市）本松健治郎

猫じやらし戯れるに飽きて知らぬ振り　（郡山市）長谷川朗徹

人間に付かず離れず赤とんぼ　（富士宮市）渡邉春生

評　第一句。香車のように真っ直ぐ前へ進んで天寿を全うされた。「香車」は将棋の駒の名。第二句。今日は亡くなった兄の誕生日。兄が好きだった「栗ごはん」を一緒に頂く。第三句。推敲は簡単ではない。名月で心を洗い真摯に挑戦する。

【高山れおな選】　十月二十二日

秋風や一人多芸のちんどん屋　（長崎市）下道信雄

日のぬくみありし団栗《どんぐり》拾ひけり　（泉大津市）多田羅初美

満月や狸《たぬき》が出れば日本国　（塩尻市）古厩林生

秋蝶《あきちょう》来《く》蜜はむらさきの花にある　（奈良市）藤岡道子

どこまでも雲の流るる野分あと　（いわき市）岡田木花

虫の闇かたりと星座組みかはり　（松山市）杉山　望

豆腐屋さん昼は眠れる車二台　（江田島市）和田紀元

点点と棚田の村の秋灯《あきともし》　（玉野市）加門美昭

白黒の月面秋風の茶の間　（川越市）横山由紀子

助手席の犬も風切る秋の昼　（下関市）内田恒生

評

下道さん。一人練り歩いているのか、集団の中の一人を指すのか。どちらにせよ多芸がかえって寂しさを掻き立てる仕組み。多田羅さん。繊細な皮膚感覚。古厩さん。月夜の狸囃《たぬきばや》子《し》もまた、桜や茶の湯にも劣らぬ日本の情趣ならずや、と。

【小林貴子選】　十月二十二日

彼岸花救荒食でありしとは　（熊谷市）松葉哲也

名月を目指して上がる楕円球《だえんきゅう》　（名古屋市）池内真澄

泊夫藍《サフラン》や蘭学《らんがく》という言葉古《ふ》り　（伊万里市）萩原豊彦

死に対しまだ青二才竹の春　（三鷹市）宮野隆一郎

案山子の句できないうちに去りにけり　（いわき市）馬目　空

秋の夜の一灯一火守りけり　（東京都）長谷川　瞳

角伐《き》られ鹿は飛火野《とぶひの》とぼとぼと　（東京都）川瀬佳穂

AIに地球の平和問ふ夜長　（宝塚市）上田光子

団栗も並べられると背伸びする　（兵庫県太子町）曽我悦子

縄文は最近のこと天の川　（塩尻市）古厩林生

評　一句目、彼岸花の根には毒性があるが、いつの時代か、水に晒し食用とされていた。遥《はる》かな歴史。二句目、フランスにて行われたラグビーの試合、その夜は中秋の名月。三句目、蘭学に寄せる感慨に、薬用・香辛料のサフランがよく響く。

【長谷川櫂選】　十月二十二日

初恋のやうに仰ぐやけふの月　（長崎市）下道信雄

食べ終り秋蚕《あきご》はしばし瞑想《めいそう》す　（前橋市）荻原葉月

鬼やんま交尾《つる》めば生《あ》るる大八洲《おおやしま》　（藤沢市）朝広三猫子

ルオー描く絵やキリストの月の道　（船橋市）斉木直哉

集金の人が来るだけ敬老日　（所沢市）岡部　泉

途切れとぎれの秋の雨だれ光堂　（横浜市）正谷民夫

草の葉の先に蝗《いなご》の重さかな　（静岡市）松村史基

あといくつ打たねばならぬ鉦叩《かねたたき》　（三鷹市）田中　進

標的の基地の沖縄蟻地獄《ありじごく》　（福島県伊達市）佐藤　茂

虫鳴くや鳴き継ぐ老のかすれ声　（青梅市）市川蘆舟

【評】一席。いくつになっても、みずみずしい中秋の名月。「初恋のやう」とはすばらしい。二席。満腹のうたた寝か。秋の蚕らしい。三席。野蛮な創世神話。大八洲は日本列島。秋津島（トンボの島）とも。十句目。虫よ、お前もか。

【高山れおな選】　十月二十九日

秋光の砕けず唯《ただ》に透きとほる　（筑西市）加田　怜

ゆふぐれに吸うて吐く息鹿の声　（下関市）内田恒生

きちきちの緑色の眼《め》虚《うつろ》なり　（横浜市）佐藤祐一

秋の声正倉院の扉開き　（箕面市）中島淳子

毒茸《どくきのこ》だらけの図鑑愛読す　（相模原市）井上裕実

手のくぼはさびしきところどんぐりよ　（彦根市）阿知波裕子

藤袴《ふじばかま》アサギマダラを呼び寄せて　（奈良市）辻本昭代

肌寒きスポーツの日を寝て過ごす　（広島市）熊谷　純

水澄んで水泡のひとつひとつ澄む　（川崎市）沼田廣美

秋雨に句碑らしき石ありにけり　（川崎市）小関　新

評

加田さん。秋の日差しのありようを執拗《しつよう》に言い留めた。上田五千石に〈これ以上澄みなば水の傷つかむ〉。内田さん。声から想像される鹿の息、そして自分の息。交感の哀愁。佐藤さん。意味を求めて生きる人間とは全く違う生き物の眼。

【小林貴子選】　十月二十九日

鶺鴒《せきれい》の長きファスナー閉づるがに　（さいたま市）伊達裕子

葡萄《ぶどう》組み立つる背骨のやうなもの　（佐倉市）葛西茂美

柿食えば律のその後を思い遣《や》り　（一宮市）岩田一男

露の世といへど待たれるあしたかな　（静岡市）久保田弘子

赤い羽根長と付く人みな胸に　（赤穂市）矢野君子

鬼太郎の親爺《おやじ》が踊る鳥威《とりおど》し　（長野県立科町）村田　実

名月や顔向け出来ぬ事があり　（相模原市）荒井　篤

時刻表は紙が嬉しい小鳥来る　（東広島市）乙重潤子

茸狩《きのこがり》仲間ひとりも欲張らず　（長野市）中沢義壽

月光を天地に別れ浴びにけり　（北九州市）中村テルミ

評　一句目、地面を走る鶺鴒の動きがファスナーを閉めるのに似ているとは、言われて深く納得。二句目の葡萄の房の中心を背骨と見る比喩も冴《さ》えている。三句目、子規の妹の律は子規亡き後に勉学を積み、裁縫教師となった。芯の強い人だ。

【長谷川櫂選】　十月二十九日

ふる里の富士が一番秋の雲　（三田市）橋本貴美代

みちのくの秋刀魚押し戴《いただ》きにけり　（尼崎市）田中節夫

秋風や殊に冷や酒旨《うま》き頃　（東かがわ市）桑島正樹

林檎剝く貧しき時代想《おも》ひつつ　（愛知県阿久比町）新美英紀

村祭跡継ぎのゐぬ囃《はや》し方　（長崎市）下道信雄

霧ながら水汲《く》む節《たかし》惜しむべし　（富士見市）三井政和

落人の末裔《まつえい》として柿吊《つ》るす　（岡谷市）大島弘人

戦争の野蛮語るや文化の日　（東京都）片岡マサ

新米の名前いつしか古びたり　（富士市）村松敦視

俳壇の十一席や小鳥来る　（戸田市）蜂巣幸彦

評

一席。全国にある富士山型の山。本物よりいい。二席。「押し戴き」に力あり。東北へのもろもろの思いをこめて。三席。猛暑がすぎて酒の味がわかる。よみがえるというべきか。十句目。「めげずに前向きに頑張ります」とある。

【大串章選】 十月二十九日

郷里《ふるさと》に住む人の無く天の川　（日南市）宮田隆雄
釣果なきバケツに浮かぶ鰯雲《いわしぐも》　（町田市）河野奉令
種採つて渡して未来分かち合ふ　（さいたま市）齋藤紀子
一人旅色なき風を道連れに　（大村市）小谷一夫
爽秋の同窓会に過去未来　（熊谷市）内野　修
年ごとに月なつかしき齢《よわい》かな　（東京都）三角逸郎
思ひ出の街を素通り秋寒し　（洲本市）髙田菲路
流されて行く先知らぬ落葉かな　（筑紫野市）二宮正博
蚯蚓《みみず》なく固定電話はいつも留守　（浜松市）櫻井雅子
床の間に居座つてゐる南瓜かな　（多摩市）金井　緑

評　第一句。過疎化が進み住む人が居なくなった故郷。同郷の人たちはいま何処《どこ》で如何しているのだろう。「天の川」が効果的。第二句。「釣果なきバケツ」と「鰯雲」の取合せが見どころ。俳諧味あり。第三句。「未来分かち合ふ」が言い得て妙。

【小林貴子選】　十一月五日

赤い羽根あの人胸を反らしすぎ　（東広島市）久岡　隆

またちがふ顔の小鳥が来たりけり　（横浜市）三玉一郎

中東の胸裂く所業秋憂ふ　（さいたま市）大塚四郎

鹿の王気配を感じ遠ざかる　（フランス）堀山　穣

砂浴びの驢馬《ろば》の仰向け秋うらら　（小山市）倉井敦子

秋風はアコースティクバージョンだ　（横浜市）菅谷彩香

一口は何も掛けずに新豆腐　（広島市）原森　泉

炎なき暮しに慣れて曼珠沙華《まんじゅしゃげ》　（我孫子市）藤崎幸恵

待ちかねし新米を研ぐ淡々と　（藤沢市）朝広三猫子

本当は妻は大物鯖味噌煮《さばみそに》　（長岡京市）寺嶋三郎

評　一句目、付けてもらう場面かその後か。人物像が浮かんでユーモラス。二句目、次々に来る小鳥が可愛らしく捉えられた。三句目、ウクライナ侵攻に加え中東情勢に心が痛む。四句目、フランスの学校からの数人の投句はどれも心惹《ひ》かれた。

【長谷川櫂選】　十一月五日

寒昴《かんすばる》さらば谷村新司逝く　（愛知県阿久比町）新美英紀

早世の詩人のごとき秋惜しむ　（横浜市）前島康樹

やっとやっとえくぼができた初もみじ　（成田市）かとうゆみ

回想を行きつ戻りつして夜長　（苫小牧市）齊藤まさし

衰へてなほ鉦叩《かねたた》く鉦叩《かねたたき》　（藤沢市）朝広三猫子

旅人としてふるさとの栗御飯《くりごはん》　（奈良市）田村英一

一家六人一間の疎開甘藷《さつまいも》　（市川市）白土武夫

虫籠にいなご一匹孫帰る　（戸田市）谷田部達郎

団栗の面白さうに雨霰《あめあられ》　（名古屋市）池内真澄

毎日の卓に秋刀魚がのつたころ　（西宮市）東谷節子

評　一席。辞世めいた歌詞だった。一世を風《ふう》靡《び》した歌手に追悼句あまた。二席。確かに今年の秋は早世の詩人。いよいよ惜しまれる。三席。えくぼの子がうらやましかったのだ。小四。十句目。気がつくと時代は様変わり。秋刀魚に限らず。

【大串章選】　十一月五日

翔平と聡太が並ぶ案山子かな　（大阪市）井上浩世

曾孫《ひいまご》の重きが嬉し日向ぼこ　（泉大津市）多田羅初美

天才は天才を知る葛の花　（安曇野市）望月信幸

戦争が色なき風を赤く染め　（川崎市）秋月あかり

放棄田に水なほ絶えず秋の声　（多摩市）田中久幸

役目終へて雀《すずめ》の友となる案山子　（東広島市）久岡　隆

天国と地獄の旅の濁り酒　（新座市）丸山巌子

旅と云《い》ふ励みを持ちて秋耕す　（島根県邑南町）服部康人

捨案山子もう青空も見《み》飽《あき》たり　（奈良市）田村英一

その中に囁《ささや》くやうな虫の声　（静岡市）松村史基

評

第一句。今年活躍した野球の大谷翔平と将棋の藤井聡太がモデル。今年の案山子らしい。第二句。「重きが嬉し」に実感あり。曾《そう》祖母《そぼ》と曾孫の楽しい日向ぼこ。第三句。返句〈鈍才は鈍才を知る葛の花〉。俳句は庶民の文芸（飯田龍太）。

【高山れおな選】　十一月五日

十字架を背負ふイエスと案山子かな　（大村市）小谷一夫

このままでこのままでいい良夜かな　（我孫子市）森住昌弘

出没のけもの警戒文化の日　（本巣市）清水宏晏

眼よりまづ乾《から》びゆく鵙《もず》の贄《にえ》　（柏市）物江里人

木守の消えては見ゆる九十九折《つづらおり》　（多摩市）田中久幸

蟷螂《かまきり》の戦士あへなく食はれけり　（尼崎市）田中節夫

切り株に魔女の口紅毒キノコ　（フランス）シャラン　レティシア

抜歯せし夜寒の口のうつろかな　（藤沢市）大内萱子

こんなもの買ふ人ゐるか浮いて来い　（成田市）神郡一成

猿の屁《へ》を河童《かっぱ》が笑ふ菊日和　（前橋市）田村とむ

評　小谷さん。なんと不敬な発見。しかしそもそも神が死刑になるという逆転がキリスト教の根拠なのだから、案外、不敬でもないのか。森住さん。今年の中秋の名月は九月二十九日。当方も堪能した。清水さん。最近本当に多いこのニュース。

【長谷川櫂選】　十一月十二日

ドイツからもオランダからも秋一句
（埼玉県皆野町）宮城和歌夫

行つたかも知れぬバス待つ秋の暮
（大阪市）今井文雄

曼珠沙華ぬばたまの夜の女王かな
（川越市）岡部中之

猿酒となりゆく洞へ夜々の月
（静岡市）松村史基

美しや翼すかせて鷹渡る
（津市）中山道治

大王のアリアのやうに朝の百舌《もず》
（取手市）御厨安幸

兵として死なぬ国なり菊かをる
（三重県明和町）西出泥舟

難民よ生きて故郷へ鳥渡る
（深谷市）横澤芳一

秋の灯やかつて集めしマッチ箱
（東京都）江川盾雄

自然薯《じねんじょ》に同じ姿のなかりけり
（いわき市）佐藤朱夏

評

一席。ハルツォーク洋子さんとモーレンカンプふゆこさん。日本を離れた二人。二席。あいまいなバスの時刻。何という心細さ。三席。夜の女王だったのか。冥界の王妃のようでもある。十句目。実は自然界に同じものなど一つもない。

【大串章選】　十一月十二日

懐かしの花の同期や新酒汲む　（羽曳野市）菊川善博

竜淵に潜みし夜を蚯蚓《みみず》鳴く　（越谷市）新井髙四郎

鰯雲妣《はは》書き置きしメモ出づる　（前橋市）荻原葉月

ふるさとの上りホームに吊《つる》し柿　（横須賀市）前田あさ子

廃駅に伝言板や雁渡《かりわた》し　（苫小牧市）齊藤まさし

またひとつ本棚増やす冬隣　（いわき市）佐藤朱夏

施設にも小さき図書室秋灯《あきともし》　（合志市）坂田美代子

退会の訳は語らず秋深し　（岩倉市）村瀬みさを

亡き父母の温《ぬく》みやかの日運動会　（船橋市）斉木直哉

鴉《からす》のみ届く高さの熟柿《じゅくし》かな　（泉大津市）多田羅紀子

評　第一句。軍歌「同期の桜」を口遊《くちずさ》みながら新酒を酌み交わす。生きていてよかった。第二句。季語「竜淵に潜む」と「蚯蚓鳴く」の取合せがおもしろい。俳諧味あり。第三句。亡き母が書き残したメモには何と書いてあったのだろう。

【高山れおな選】　十一月十二日

先生さけふの秋晴嘘《あきばれうそ》つぽい　（仙台市）松岡三男

丸善の檸檬《れもん》一個と戦争と　（東京都）吉竹　純

おほかたは娶《めと》らずに馬肥ゆるなり　（東京都）嶋田恵一

晩秋の綿虫来たりひとりぼち　（川口市）青柳　悠

さう言へば秋日和なりこんにちは　（横浜市）込宮正一

うそ寒や娘連れなる独裁者　（川越市）益子さとし

面白き話に根と葉秋暮るる　（境港市）大谷和三

海からの砂が育てる大根《だいこ》かな　（和歌山市）佐武次郎

ややこしい名の孫たちと芋煮会
（栃木県壬生町）あらゐひとし

背を向けしオランウータン秋思かも　（町田市）岩見陸二

評　松岡さん。嘘っぽい程の空の青。心の弾みを逆説的に表現。吉竹さん。小説の檸檬は作者の詩心のうちで〈黄金色に輝く恐ろしい爆弾〉に。今は本物の爆弾が余りにも気前よく消費される時。嶋田さん。季語・馬肥ゆるを裏読みした趣《おもむ》き。

【小林貴子選】　十一月十二日

砲撃の跡に昨日と同じ月　（横浜市）新倉正二

愚かとは人間だけよ蚯蚓《みみず》鳴く　（宮城県山元町）山田庸備

笠智衆見て居りそうな秋の雲　（さいたま市）久保田恵子

残響の怪獣映画秋の雲　（西宮市）西村雄樹

さし色の緑置きつつ山粧《やまよそお》ふ　（横浜市）矢崎悦子

書いてますか恋してますか寂聴忌　（武蔵野市）相坂　康

秋晴れの土曜は車両二つ増え　（大津市）司馬田智世

泣きやまぬ児《こ》を抱き新月と踊る　（所沢市）安野イマ

秋入日《いりひ》悲恋の如く野の果てに　（取手市）うらのなつめ

埋め草といへば背高泡立草《せいたかあわだちそう》　（相馬市）根岸浩一

評　一句目、砲撃を受けた地は様変わりし、そこに月光が降りそそぐ。月光は変わらず美しいのに……。二句目、「愚かな金魚」なんて思わない。人間だけだ。三句目と四句目を並べて読むと、秋の雲に様々な楽しさや味わいがある事を知る。

【大串章選】　十一月十九日

露の世やその一滴が吾《われ》なりし　（筑紫野市）二宮正博

片時雨父百歳の車椅子　（横浜市）詫摩啓輔

秋行くや遺影の笑みの変《かわ》りなく　（伊勢原市）大津　朗

独り聴く旅の駅舎の秋の声　（柏市）藤嶋　務

一茶忌や貧を楽しむ心あり　（香川県琴平町）三宅久美子

秋の夜人の住む島住まぬ島　（東かがわ市）桑島正樹

自転車の補助輪外す七五三　（市川市）をがはまなぶ

廃道をただ秋風の行くばかり　（東京都）吉竹　純

秋夕焼《ゆやけ》街の銭湯ひとつ消ゆ　（大和市）荒井　修

単線の明治の駅舎虎落笛《もがりぶえ》　（平塚市）日下光代

評　第一句。露のようにはかないこの世ではあるが、その「一滴」の「吾」を大事に人生を全うする。第二句。父上は百歳、母上は？晴雨を表す言葉「片時雨」がそれを暗示する。第三句。「遺影の笑み」には慰められ励まされる。

【高山れおな選】　十一月十九日

熊もまた魅せられている秋の山　（福岡市）釋　蜩硯

この星の秋のベンチにをる不思議　（新潟市）齋藤達也

真夜中の稲架《はさ》の香を嗅ぐ巡査かな　（横浜市）飯島幹也

秋の夜は素数のごとく独り居を　（札幌市）伊藤　哲

本能の赴くままに詠みて秋　（藤沢市）朝広三猫子

別の星へ旅をするらむ七五三　（川西市）糸賀千代

並べ干す海女着と産着秋夕焼　（茅ヶ崎市）清水呑舟

雪虫のこゑなきこゑやタイヤ替ふ　（札幌市）堺　隆

風紋の光散りなば水澄みぬ　（淡路市）川村ひろみ

夜もすがら己を恥じる文化の日　（岡崎市）加藤幸男

評　熊出没の句多数。釋さんの作は、熊の内面（？）を想像して自然の神秘に一歩踏み込む。齋藤さん。自分がただある事の不思議。北原白秋の「ナニゴトノ不思議ナケレド」に通じる。飯島さん。この行動もまた少しも不思議でない不思議。

【小林貴子選】　十一月十九日

時雨虹何しに来たるこの世なる　（羽咋市）北野みや子

自分作カタカナ辞典文化の日　（福岡市）藤掛博子

龍安寺石それぞれの秋思かな　（箕面市）藤堂俊英

小宴のもつてのほかに和みけり　（千葉市）團野耕一

ぱりぱりと紙面折り読む文化の日　（千葉市）宮城　治

芒《すすき》の穂てかてかしたる油分　（横浜市）込宮正一

星飛んで聡太に鬼手が降臨す　（豊前市）三原逸郎

保津川の舟を上がりて新豆腐　（福知山市）森井敏行

高原の風力計となる芒　（宇佐市）熊埜御堂義昭

せんべいをパリとハモりて秋惜しむ　（東京都）金子文衛

評

一句目、何をしに生まれて来たのか。この冬虹に会うためかも。二句目、新語・外来語の辞典を自作するという前向きな対処法が素晴らしい。三句目は龍安寺の石の配置が鮮やかに目に浮かぶ。四句目のもってのほかは食用菊、秋の季語。

【長谷川櫂選】　十一月十九日

皮に骨浮かべて走る狐《きつね》かな　（朝倉市）深町　明

一病に守らるる身の温《ぬく》め酒　（伊万里市）田中南嶽

五井の浜海苔《のり》が干されて小六月　（東京都）松木長勝

故郷の孤島よろしき根釣かな　（長崎県小値賀町）中上庄一郎

通はねば廃る生家や草の花　（高知市）和田和子

戦争の愚に気づかざる寒さかな　（八王子市）徳永松雄

眼前の山より冬となりにけり　（長野市）縣　展子

汚れたるたましいの如冬入日　（取手市）うらのなつめ

虫の闇人間の闇なお暗し　（筑紫野市）二宮正博

凩《こがらし》や瓦礫《がれき》の下にぬいぐるみ　（高槻市）若林眞一郎

評　一席。痩せた狐のしたたかな描写。みごとな彫刻のような。二席。病に守られているという感覚。必ずしも悪いものではない。三席。千葉県の東京湾岸五井の浜。今も干し海苔が風にそよぐ。十句目。戦火のガザ。子どものいた痕跡。

【高山れおな選】　十一月二十六日

空っぽがかっぽしているあきの空　（東村山市）内海　亨

啄木鳥《きつつき》の音微《かす》かなり盛んなり　（香芝市）土井岳毅

フェルメールの光溢《あふ》るる竈猫《かまどねこ》　（大阪府島本町）山岡俊介

ウインナのたこが千匹運動会　（仙台市）三井英二

駅長も駅員も猫山眠る　（鴻巣市）清水基義

落葉踏む父八十の痩せ柱　（神戸市）豊原清明

天赦日《てんしゃにち》混み合ふ宝くじ売場秋　（武蔵野市）相坂　康

窓際の猫のとなりに茸干す　（和歌山市）高井貴佐子

新米のおむすび宮古島の塩　（東京都）伊東澄子

コスモスゆれる神様の言うとおり　（尼崎市）吉川佳生

評　内海さん。「かっぽ」は「闊歩」。空っぽと感じるまでに身も心も軽く。「で」でなく「が」としたのが効果的だ。土井さん。遠く微かな音から、啄木鳥の元気溌溂《はつらつ》さを読み取った。山岡さん。「牛乳を注ぐ女」なら竈猫も似合いそうだ。

【小林貴子選】　十一月二十六日

老いの焚《た》く内燃機関冬に入る　（東京都）吉竹　純

モップかけ終へて体育館夜寒　（所沢市）木村　佑

勝ち負けの好きな生き物秋の風　（南房総市）山根徳一

等伯を熱演能登の文化の日　（埼玉県宮代町）酒井忠正

君鳴くや百舌《もず》だったたっけなんだっけ　（東村山市）内海　亨

秋なすびのやうなイルカの肌触り　（横浜市）佐々木ひろみち

蜜吸うて鵯《ひよ》の鳴き声甘からず　（名古屋市）鈴木修二

満月と合せ鏡がしてみたい　（奈良市）橋本靖子

いつまでもながめる男松手入れ　（川崎市）小関　新

柚子湯《ゆずゆ》して明日も在宅勤務なり　（広島市）村越　縁

評　一句目、活発に追い焚きをして、厳しい冬を乗り切ろう。二句目、使った後に清め、夜寒の体育館は深閑と。三句目は人間の一面だが、俳句は勝ち負けではない。みんな良い。四句目、今年の国民文化祭の一環として仲代達矢さんが演出。

【長谷川櫂選】　十一月二十六日

戦争がまたも茶の間に立つて秋　（昭島市）大関崇央

蘇州号で渡る上海秋の海　（米原市）米澤一銭

七輪《かんてき》といふ語懐かし初秋刀魚　（千葉市）愛川弘文

ストーブに遠く膝《ひざ》抱き眠る人　（高山市）直井照男

琉球の声に聞き入る夜寒かな　（京丹後市）小谷正和

唐辛子花束にして真紅　（長野市）縣　展子

南へ蝶の渡りし秋日和　（高知市）和田和子

老妻の起床に安堵《あんど》秋の朝　（長崎県小値賀町）中上庄一郎

案の定ランボー読めば風邪ひけり　（栃木県壬生町）あらゐひとし

動物の残してくれし栗拾ふ　（対馬市）神宮斉之

評

一席。〈戦争が廊下の奥に立つてゐた〉（渡辺白泉）。もはや茶の間に。二席。晴れ晴れとした上海の秋。海風を全身に受けて。三席。すぐかっと火がおこるのでこう呼ぶとか。上方の言葉。十句目。もともとは動物たちの土地。

【大串章選】　十一月二十六日

憎しみの連鎖いくさの冬深し　（福島県伊達市）佐藤　茂

枯野行く戻りの余力図りつつ　（大和郡山市）宮本陶生

蓑虫《みのむし》の蓑の中にも夢一つ　（八王子市）額田浩文

月へ行く道も見えたり大枯野　（金沢市）前　九疑

ようこそと民話の里の蕎麦《そば》の花
（栃木県壬生町）あらゐひとし

ひらがなに漢字カタカナ文化の日　（名古屋市）木俣正幸

透明の影を持ちたる露の玉　（高松市）渡部全子

ゆく秋や踏切の灯のやはらかき　（越谷市）新井高四郎

受勲者に俳人さがす文化の日　（島根県邑南町）椿　博行

人生の止《とま》り木秋の純喫茶　（今治市）松浦加寿子

評　第一句。「憎しみの連鎖」を断ち切れない人間の愚かさ。いつまで戦争を続けるのか。第二句。枯野を行く途中でぶっ倒れては元も子もない。「戻りの余力」を考慮しながら進む。第三句。小さな袋の中にも「夢」は必ずある。

【小林貴子選】　十二月三日

冬紅葉まだ恋なんて言ってるの　（羽村市）鈴木さゆり

シャンソンのやうに散るなり夕紅葉　（川越市）吉川清子

☆「俳句とは何か」を脇に冬籠《ふゆごもり》　（青梅市）市川蘆舟

十一月潰されてゆくガザの街　（取手市）御厨安幸

☆分からないことが楽しい秋深し　（成田市）かとうゆみ

ハイキング昼は滑子《なめこ》の御御御付《おみおつけ》　（本庄市）篠原伸允

ゐのししの出るやも知れぬ魚屋道《ととやみち》　（芦屋市）豊田征子

きゆつと鳴く泥に手応へ泥鰌《どじょう》掘る　（神戸市）小柴智子

生き残るための長航鳥渡る　（東京都）石川　昇

口利かぬ妻へみかんを転がしぬ　（前橋市）田村とむ

評

一句目、言われている人は何歳でも。心のときめきを大切にしよう。二句目のように散れば葉っぱ自身も気分良さそう。三句目、冬籠の三カ月、皆でこれを考えよう。四句目、地名のガザはガーゼの語源とも言われる。平和よ戻ってくれ。

【長谷川櫂選】　十二月三日

秋風に羽ある種となりにけり　（東京都）佐藤正夫

枯るるもの青空にあり山の寺　（川崎市）小関　新

☆肉になる牛磨かれて冬日和　（洲本市）髙田菲路

器量なら山一番のこの木の実　（大阪市）上西左大信

おでん酒つぶしのきかぬ汝《なれ》と吾《われ》　（野田市）松本侑一

流氷の響き底なし木賃宿　（三重県明和町）西出泥舟

皮裂けて噛《か》みつきさうな石榴《ざくろ》かな　（大村市）小谷一夫

エジプト王妃いつも横向き冬に入る　（福岡市）釋　蜩硯

冬眠の兜太先生すこやかに　（京都市）室　達朗

☆「俳句とは何か」を脇に冬籠　（青梅市）市川蘆舟

評

一席。遠くへ飛ぶための羽や絮《わた》。牧野記念庭園にて。二席。空の中で枯れてゆくもの。澄みきった冬空。三席。人間はほかの生物の命を奪わなくては生きられない。これも愛情。十句目。問いつづけることが大事。答えはない。

【大串章選】　十二月三日

蔦《つた》もみじ童女の墓を抱きしめる　（沼津市）石川義倫

孫十人まだまだ続く七五三　（向日市）秋葉真紀子

星月夜童話忘れず誰も老ゆ　（横浜市）飯島幹也

父祖の地に卆寿《そつじゅ》を生きる村祭　（村上市）佐藤直子

満月や星はまたたき忘れをり　（藤岡市）飯塚柚花

祈ること人はいつ知る七五三　（東京都）中村孝哲

三歳の童女をわきにおでん酒　（筑西市）加田　怜

またひとつ水輪の中へ木の実落つ　（大阪市）上西左大信

七五三異国に暮らす孫三人　（東京都）三井正夫

廃業の宿山茶花《さざんか》の白極む　（多摩市）田中久幸

評

第一句。「童女の墓」を抱きしめているのは作者自身。感情移入の句。第二句。七五三の参拝には祖父母も付き添って行く。「孫十人」は大変だが嬉しい。第三句。年取っても子供のころ聞いた童話は忘れない。「星月夜」が明るくて佳《よ》い。

【高山れおな選】　十二月三日

和便器をにらむ少女の冬ざるる　（川崎市）小関　新

レノン忌や義母はヨーコにうりふたつ　（つくば市）小林浦波

月からは見えぬ国境開戦日　（富士市）村松敦視

☆肉になる牛磨かれて冬日和　（洲本市）髙田菲路

寒天小屋に吊る三尺の温度計　（大阪市）今井文雄

☆分からないことが楽しい秋深し　（成田市）かとうゆみ

教え児《ご》とダブるガザの子街冴ゆる　（鈴鹿市）萩森繁樹

空つぽになつても続く日向ぼこ　（横浜市）菅沼葉二

妻の名を忘れし夫《つま》と秋日和　（福島市）菅野美佐子

天高しベンツの五人皆傘寿　（武蔵野市）河野恵美子

評　小関さん。当方の年代だと汲取《くみと》り便所に入れない子はいたが。事実その通りだったのだろう「にらむ」が面白い。小林さん。何やら微妙なご縁。村松さん。季語開戦日は対米英開戦の日をさすが、句の内容は普遍的な批判になっていよう。

【長谷川櫂選】　十二月十日

人間を喰《く》ふ国一つ去年今年《こぞことし》　（松本市）田中　薫

一枚の玻璃《はり》に賜る大小春　（伊万里市）田中南嶽

☆どこかが掘られている寒い東京　（熊本市）右田捷明

秋蝶や遺体を運ぶ白き布　（東京都）日出嶋昭男

煎餅《せんべい》を踏みしと紛《まが》ふ大落葉　（市川市）杉田　学

山眠るひもじくて熊眠られず　（富士宮市）渡邉春生

白煙の立つ金剛や雪の富士　（船橋市）斉木直哉

舞鶴といふ美しき名の町に冬　（大阪市）眞砂卓三

なんと鶸《ひよ》熟《じゅく》柿《し》を抱きて落ちにけり　（下関市）清水幽人

雪女どれも男の死ぬ話　（境港市）大谷和三

評

一席。人の集まりである組織は痛みを感じない。そんな国もある。二席。一枚張りの大きなガラス戸。みごとな小春日。三席。いつも掘っては埋めている東京。十句目。愛されて死ぬ男も哀しいが、男を死なす雪女も哀しい。

【大串章選】　十二月十日

星月夜酔ひて見知らぬ駅に立つ　（宝塚市）吉田賢一

夢の続き明日に続けと布団干す　（相模原市）はやし　央

父の畑継いで勤労感謝の日　（仙台市）柿坂伸子

やがて住む墓地公園の曼珠沙華　（浦安市）逆瀬川次郎

花野にも都会と過疎のあるやうな　（富士市）蒲　康裕

日々歩く米寿にけふの寒さかな　（下関市）野﨑　薫

盥《たらい》から海鼠《なまこ》のかたち摑《つか》み取る　（北本市）萩原行博

この畑ことし限りと大根《だいこ》引く　（東京都）金子文衛

龍に見え鯨にも見え冬の雲　（松阪市）石井　治

父母も逝き実家も失せて冬来《きた》る　（東京都）野口嘉彦

評　第一句。植木等の「スーダラ節」（チョイト一杯のつもりで飲んで〜）を思い出す。第二句。「明日に続けと」が前向きで好《よ》い。楽しい夢が見られるでしょう。第三句。父の仕事を引き継いで畑仕事に励む。「勤労感謝の日」が効いている。

【高山れおな選】　十二月十日

青龍《せいりゅう》の銀の目玉やいなつるび　（東大阪市）宗本智之

パチンコに負けて焚火《たきび》へくははりぬ　（苫小牧市）齊藤まさし

竹馬をドン・キホーテに探したる　（川越市）渡邉　隆

川底に木の実散らばる被爆川　（長崎市）佐々木光博

推しにおす地物地魚神の留守　（金沢市）前　九疑

木の葉髪わたしはどんな一樹だろう　（大和市）澤田睦子

熊撃ちの独語ぼそりと止り木に　（矢板市）菊地壽一

☆どこかが掘られている寒い東京　（熊本市）右田捷明

ラグビーの独走誰も止められず　（相模原市）今井雅裕

評

宗本さん。いなつるびは稲妻の事。稲妻の喩《たと》えに龍を持ち出すのは平凡だが、目玉のクローズアップで生きた。齊藤さん。パチンコと焚火の取合せのリアリティ。渡邉さん。痩馬《やせうま》に跨《またが》った騎士の名を冠した驚安の殿堂で、馬ならぬ竹馬を。

【小林貴子選】　十二月十日

両端は雪の吹き込む市場かな　（東京都）竹内宗一郎

紙の世はインキの匂ひ冬落暉《ふゆらっき》　（あきる野市）松宮明香

梟《ふくろう》の判事のやうな構へかな　（海南市）楠木たけし

犀《さい》の如独り行けとや冬安居　（神戸市）桶本いち子

俳人の少年少女天高し　（長野県川上村）丸山志保

ファスナーの言ふこと聞かぬ古ジャンパー　（中間市）升水恵美子

威勢よきホースの水が掘る蓮根《はすね》　（群馬県みなかみ町）長浜利子

トーストのバター動かぬ冬の朝　（いわき市）岡田木花

最後まで父の拒みし羽蒲団《はねぶとん》　（川越市）渡邉　隆

まさに今と機を敏にして鷹柱《たかばしら》　（札幌市）堺　久子

評　一句目、屋根があるだけの吹きさらし、厳しい自然に美味な食材。二句目の紙の手ざわりとインキの匂い。時代遅れと言わずこれからも楽しもう。三句目、他の鳥と異なる梟らしさを表現し、「構へ」が良い。四句目の犀の孤独もすごい。

【大串章選】　十二月十七日

ふる里につつまれてゐる日向ぼこ　（八代市）山下しげ人

無頼派の作家を惜しむおでん酒　（伊賀市）福沢義男

歩ききてふと見渡せば枯野中《かれのなか》　（東京都）徳竹邦夫

熊除《よ》けの鈴一列に登校す　（大阪市）今井文雄

急行も快速も過ぐ駅小春　（大和市）荒井　修

独身寮の軒に故郷の柿吊す　（高槻市）日下遊々子

思考より検索の時代漱石忌　（東村山市）鈴木　忠

老漁師逆らふ鮪《まぐろ》釣り上げる　（新座市）丸山巌子

木守柿悲鳴を上げて食はれけり　（熊谷市）内野　修

闇汁のやわらかきものかたきもの　（相模原市）井上裕実

評　第一句。身も心も温まる至福のいっとき。懐かしいふる里。第二句。無頼派の作家というと太宰治や坂口安吾などがいるが、この「作家」は伊集院静氏か。第三句。「九二才の実感です」と添書にあり。歩いてきたのは人生の道のり。

【高山れおな選】　十二月十七日

かじけ猫路肩の湯気に集まりぬ　（別府市）樋園和仁

ゆふまぐれ屏風《びょうぶ》へ帰る虎と獅子　（東京都）吉竹　純

半焼けの表紙の女優焚火跡　（栃木県壬生町）あらゐひとし

チョコレートぱきつと折つて開戦日　（高松市）島田章平

霜までの命皇帝ダリアかな　（川越市）大野宥之介

新しき秣《まぐさ》の湿り小春風　（浜松市）野畑明子

落葉焚《おちばた》くしがみついたる空蟬《うつせみ》も　（東京都府中市）矢島　博

戦火赤し青き地球の年暮るる　（伊賀市）山島美紀

エンジンをひとつ吹かして秋収め　（新庄市）三浦大三

文化の日誰も死なない映画観る　（大崎市）笠原直子

評　樋園さん。別府なら湯気も盛大。ただし、温泉でなくとも、寒冷地ならあり得る光景か。珍しい着眼。吉竹さん。夕暮れ時の動物園で感じた哀愁から生まれた幻想、と読んだが。あらゐさん。「半焼け」が面白い。生々しくも侘《わ》びた印象。

【小林貴子選】　十二月十七日

半月やもう半分の恋しうて　（佐倉市）葛西茂美

波郷忌の薬膳鍋や鶏牛蒡《ごぼう》　（千葉市）相馬晃一

俳句とは感動詞なり冬来《きた》る　（東京都）雅木悠一

新聞が届く勤労感謝の日　（相馬市）根岸浩一

否定語を使ひ果たして年暮るる　（金沢市）前　九疑

オランダより来しヒヤシンス夜に咲く　（東京都）青木千禾子

大皿も納豆汁も母もなく　（相馬市）立谷大祐

南《みんなみ》を前衛的に冬鴉《ふゆがらす》　（真岡市）竹田しのぶ

忘年会を送年会に変えてみる　（八尾市）宮川一樹

一本のマフラー友と合体す　（三鷹市）宮野隆一郎

評　一句目、半月に寄せる思いにハッとさせられる。二句目、肺病に苦しんだ石田波郷に、体の温まる薬膳料理を捧げたい。三句目、最短詩型は多くを省き、感動の中心部分を読者に届ける。四句目、配達の方、いつもありがとうございます。

【長谷川櫂選】　十二月十七日

小春日や自然の愛に日々感謝　（新宮市）中西　洋

戦争がストーブの前また通る　（神栖市）片伯部　淳

着ぶくれてああつきまとふ影法師　（彦根市）阿知波裕子

気に入りの本と毛布と同じ椅子　（阪南市）春木小桜子

梟や静かなる人恐るべし　（筑西市）加田　怜

鯊日和《はぜびより》友ひとり得て帰りけり　（新座市）五明紀春

一ページめくるが如く冬が来る　（長岡京市）寺嶋三郎

全山も庭の一樹も紅葉晴《もみじばれ》　（愛知県阿久比町）新美英紀

思ひきや小春の内の雪見酒　（名古屋市）池内真澄

新井家の今年の漢字「痛」なりき　（栃木県壬生町）あらゐひとし

評　一席。大きな構えの一句。小春日和を「自然の愛」とたたえる。二席。ふとよぎる戦争の幻。重い外套《がいとう》を着て。三席。影法師も着ぶくれて。自分の姿を見せつけられるような。九句目。十一月の木曽。十句目。骨折、虫歯、ぎっくり腰。

【高山れおな選】　十二月二十四日

僕たちは誰の味方か虎落笛　（北名古屋市）月城龍二

生き方を師走の街に見られけり　（厚木市）北村純一

大阪から飛び込み続く冬銀河　（福岡市）釋　蜩硯

老齢や子供の声で咳《しわぶ》きぬ　（東京都）竹内宗一郎

枯山《かれやま》に迫る夕闇薬喰《くすりぐい》　（東京都）野上　卓

鯛焼《たいやき》の一部始終を見て二つ　（長野市）縣　展子

松風のごとく釜鳴りにら雑炊　（横浜市）猪狩鳳保

遺影にと君と撮りあう小春日の　（所沢市）髙橋裕見子

黄金の茶室の如き銀杏《いちょう》散る　（小城市）福地子道

冬山や山に眠れる山男　（大村市）小谷一夫

評　月城さん。世界中をさまざまな分断が覆う時代。上五中七の立ち尽くすような感じにどきりとした。北村さん。この「生き方」にもどきり。一体、何をしたのだ。釋さん。阪神優勝から一か月。道頓堀ならぬ冬銀河への飛び込みとは豪快。

【小林貴子選】　十二月二十四日

ジャズの音の輝くホットウイスキー　（小山市）倉井敦子
成るように成つてゐる感じの林檎　（盛岡市）菊地十音
落ち鷹《だか》の高き一声母逝けり　（春日部市）田中政子
学校で何かありしか木の実踏む　（福岡市）松尾康乃
世渡りの拙《つたな》き身にも除夜の鐘　（さくら市）青木一夫
簡単に見えてなかなか冬構　（八代市）山下しげ人
寒茜《かんあかね》きょえきょえと鳴く信号機　（横浜市）込宮正一
あかぎれを案じてくれし夫《つま》は逝き　（防府市）山口正子
湯豆腐やどうにもならぬ話され　（いわき市）佐藤朱夏
杏子《ももこ》去り好摩も去りて落葉霏霏《おちばひひ》　（加古川市）伏見昌子

評　一句目、ジャズの音が輝くとは素晴らしい演奏、そして美酒。二句目、林檎はじっくり実り、泰然自若としている。三句目、秋に南国へ渡る鷹が途中で落命することがある。それを落ち鷹という。十句目は個性豊かな俳人の澤好摩を偲《しの》ぶ。

【長谷川櫂選】　十二月二十四日

沖縄を八十年のほほかぶり　（福島県伊達市）佐藤　茂

十二月八日といふが直立す　（長野市）縣　展子

夢のあと厠《かわや》へいそぐ寒きびし　（四日市市）小谷恒夫

花の神と呼ばれし父や冬薔薇《ふゆそうび》　（寝屋川市）今西富幸

公魚《わかさぎ》の眼《め》の美しく凍《い》てにけり　（高崎市）本田日出登

大いなる橡《とち》の落葉を掃く音か　（桶川市）玉神順一

若き愛みかんは皮に包まれて　（熊谷市）内野　修

テレビ消し戦死者消ゆる空つ風　（東京都）漆川　夕

焼藷《やきいも》屋いつもの空地にはをらず　（高山市）大下雅子

ロンドンでおでんを夢に見た日かな　（東京都）松木長勝

評　一席。「ほほかぶり」とはまさに。福島、戦争、沖縄をテーマにする人。二席。「直立す」もまさに。日本には直立する日がほかにも。三席。夢もさめてしまう非情な現実。八十四歳。十句目。ロンドンの街角におでん。似合いそう。

【大串章選】　十二月二十四日

曾孫《ひいまご》と卒寿の夫と日向ぼこ　（泉大津市）多田羅初美

焼芋屋いもの産地をこまごまと　（川越市）大野宥之介

杖いらぬ卒寿ばかりの忘年会　（飯塚市）古野道子

駅ピアノ空港ピアノ冬あたたか　（熊本市）加藤いろは

水鳥の飛び立ち湖面軽くなる　（大村市）小谷一夫

熱燗《あつかん》や何時《いつ》の間にやら聞き役に　（柏市）藤嶋　務

六十年書き続け来し日記果つ　（島根県邑南町）服部康人

方言の里を問はれし日向ぼこ　（塩尻市）古厩林生

凍滝《いてたき》の芯より水のこゑ聞《きこ》ゆ　（栃木県高根沢町）大塚好雄

駅伝の終りし道を焼藷屋《やきいも》　（栃木県壬生町）あらゐひとし

評　第一句。曾孫は孫の子、卒寿は90歳。ほほえましい情景。第二句。「こまごまと」が懇ろで佳い。この「産地」は焼芋屋さんの故郷だろう。第三句。「卒寿ばかりの忘年会」とはすばらしい。人生100年時代、次は白寿を目指しましょう。

朝日俳壇選者略歴

長谷川櫂（はせがわ・かい）

１９５４年２月20日、熊本県生まれ。東京大学法学部卒。２０００年10月より朝日俳壇選者。神奈川近代文学館副館長。インターネット歳時記「きごさい」代表。「古志」前主宰。『俳句の宇宙』（中公文庫）でサントリー学芸賞、句集『虚空』（花神社）で読売文学賞。句集『太陽の門』『沖縄』『震災歌集　震災句集』（青磁社）。ほかに『古池に蛙は飛びこんだか』（中公文庫）、『おくのほそ道』（ＮＨＫ「100分de名著」ブックス）、『文学部で読む日本国憲法』（ちくまプリマー新書）、『俳句の誕生』（筑摩書房）、『俳句と人間』（岩波新書）など。

大串　章（おおぐし・あきら）

１９３７年11月６日、佐賀県生まれ。京都大学経済学部卒。日本鋼管入社。大野林火に師事。94年「百鳥」創刊主宰。２００７年１月より朝日俳壇選者。愛媛俳壇選者。俳人協会会長。日本文藝家協会理事。句集に『朝の舟』（俳人協会新人賞・浜発行所）、『天風』（角川学芸出版）、『大地』（俳人協会賞・角川学芸出版）、『山河』（角川学芸出版）、『海路』（ふらんす堂）、『恒心』（角川書店）など。ほかに『現代俳句の山河』（俳人協会評論賞・本阿弥書店）、『名句に学ぶ俳句の骨法』（共著、角川選書）、講演集に『俳句とともに』（文學の森）など。

高山れおな（たかやま・れおな）

1968年7月7日、茨城県生まれ。早稲田大学政治経済学部卒。俳誌「豈」同人。2010年4月から2年間、朝日新聞「俳句時評」欄を担当。18年7月から朝日俳壇選者。句集に『ウルトラ』（中新田俳句大賞スウェーデン賞・沖積舎）、『荒東雑詩』（加美俳句大賞・沖積舎）、『俳諧曾我』（書肆絵と本）、『冬の旅、夏の夢』（朔出版）。その他の著書に『切字と切れ』（邑書林）、『尾崎紅葉の百句』（ふらんす堂）、共編著に『セレクション俳人プラス　新撰21』（邑書林）など。

小林貴子（こばやし・たかこ）

1959年8月15日、長野県生まれ。信州大学人文学部卒。宮坂静生に師事。84年より「岳」編集長。2022年4月より朝日俳壇選者。現代俳句協会副会長。俳文学会会員。句集に『海市』（牧羊社）、『北斗七星』『紅娘』（本阿弥書店）、『黄金分割』（朔出版）。ほかに『もっと知りたい日本の季語』（本阿弥書店）、『秀句三五〇選　芸』（編著、蝸牛社）。共著に『12の現代俳人論　上』（角川選書）、『拝啓　静生百句』（花神社）。

あとがき

朝日俳壇には毎週5千句から6千句が寄せられるが、高齢の方からの割合が高い。すべての投句に目を通すが、味わい深い俳句が多く、60代に入った私も共感したり、時に涙したりの日々だ。一方で、若い人の俳句はみずみずしい。中でも飛びきり若い常連さんが、千葉県成田市の小学4年生かとうゆみさん。1年生のときに〈こくどうにぞうきんみたいなたぬきかな〉という句で初入選し、これまでに20句以上が掲載された。

2023年は、7句が入選している。〈ぬかるみにかいろ落ちてる通学路〉〈白いねこ黒ねこ黄ねこ春のねこ〉〈委員長にえらばれましたはつがつお〉〈手を合わすことがたくさん夏の雲〉〈かんさつのピーマンママが食べちゃった〉〈やっとやっとえくぼができた初もみじ〉〈分からないことが楽しい秋深し〉

ゆみさんが俳句に出会ったのは6歳のとき。祖父で入選常連の加藤宙さんの2013年「朝日俳壇賞」受賞句である〈微笑みに虹を残して子の眠る〉が、生まれたばかりのゆみさんのことを詠んだ作品だと知った。「一緒に俳句を作りたい！」

ゆみさんの歩みは、宙さんとの共著『六歳の俳句　孫娘とじっちゃんの十七音日記』（光文社）に詳しいが、ゆみさんが俳句作りを始めたころの言葉が載っている。「俳句を作るのは、わたしの見つけたものや見たものに心が動いたときです。それをおじいちゃんに伝えます。なぜかというと、おじいちゃんは俳句の才能がたくさんあって、おじいちゃんにあこがれていたからです」

「祖父母から孫へ」だけでなく、「親から子へ」でも、あるいは「友人から友人へ」でもいい。朝日俳壇が俳句作りの楽しみの場になってもらえれば、こんなにうれしいことはない。

朝日新聞文化部「朝日俳壇」担当・西　秀治

朝日《あさひ》俳壇《はいだん》2023

二〇二四年四月三〇日　第一刷発行

選　者　長谷川《はせがわ》櫂《かい》　大串《おおぐし》章《あきら》　高山《たかやま》れおな　小林《こばやし》貴子《たかこ》

編　者　朝日新聞社

発　売　朝日新聞出版

〒一〇四―八〇一一　東京都中央区築地五―三―二

電話　〇三―五五四〇―七六六九（編集）

〇三―五五四〇―七七九三（販売）

印刷所　TOPPAN株式会社

定価は外函に表示してあります。

ISBN978-4-02-100318-9

落丁・乱丁の場合は弊社業務部（電話〇三－五五四〇－七八〇〇）へご連絡ください。送料弊社負担にてお取り替えいたします。

朝日歌壇

2023

朝日新聞社編

馬場あき子
佐佐木幸綱
高野公彦
永田和宏
選